# 爱心企鹅

[德]克里斯蒂安·贝尔格 著

邱 萍译

二十一世纪出版社集团
21st Century Publishing Group

**图书在版编目（CIP）数据**

爱心企鹅 /（德）克里斯蒂安·贝尔格著；邱萍译
. -- 南昌：二十一世纪出版社集团, 2024.4（2025.11重印）
（彩乌鸦世界文库）
ISBN 978-7-5568-7713-3

Ⅰ. ①爱… Ⅱ. ①克… ②邱… Ⅲ. ①童话 – 德国 –
现代 Ⅳ. ①I516.88

中国国家版本馆CIP数据核字（2023）第147915号



# 爱心企鹅

AIXIN QI'E ［德］克里斯蒂安·贝尔格 著 邱 萍 译

| | | | |
|---|---|---|---|
| 策划编辑 | 彭学军 魏钢强 | 美术编辑 | 彭 蕾 彭 渤 |
| 编辑统筹 | 谈炜萍 | 责任制作 | 章丽娜 |
| 责任编辑 | 孙睿旼 刘晨露子 | Logo设计 | 先锋设计·赵抒濛 |

| | | | |
|---|---|---|---|
| **出版发行** | 二十一世纪出版社集团（江西省南昌市子安路75号 330025） | | |
| **网 址** | www.21cccc.com | **印 数** | 55,001～66,000册 |
| **经 销** | 新华书店 | **开 本** | 889 mm × 1300 mm 1/32 |
| **印 刷** | 南昌市红星印刷有限公司 | **字 数** | 88千字 |
| **版 次** | 2004年1月第1版 2012年3月第2版 | **印 张** | 4.25 |
| | 2024年4月第3版 | **书 号** | ISBN 978-7-5568-7713-3 |
| **印 次** | 2025年11月第7（总第88）次印刷 | **定 价** | 25.00元 |

**赣版权登字 -04-2024-45** 
购买本社图书，如有问题请联系我们：扫描封底二维码进入官方服务号。
服务电话：0791-86512056（工作时间可拨打）；服务邮箱：21sjcbs@21cccc.com。

# 目　录

# 第一章

## 爱心一旦萌动

在遥远的南极，生活着各种各样的企鹅。他们身穿黑亮的礼服，步履蹒跚，憨态可掬。他们在雪地里嬉闹，在冰面上玩耍，无忧无虑。

有一只小企鹅叫作塔明诺，也和爸爸妈妈住在南极。今年他上企鹅小学三年级，表现一向相当出色！

塔明诺的黑礼服每天都干干净净，连海豹老师都认为，他是学校里最帅气的学生。

塔明诺成绩非常优秀。一年级时，他就能凭气味辨别出鲱鱼和鲭鱼；他可以在冰块下潜水，游泳速度赛过他最要好的伙伴阿兹，甚至比海豹老师游得还快。他和阿兹打从一年级开始就同坐一条长凳，同在一支球队里玩冰球。

二年级时，他可以一边把一到七的乘法口诀倒背如流，一边还能以自由泳的姿势游出五十米！

三年级时，他就可以睁着眼睛潜水啦！每当遇到凶猛的海象，无论是从冰面上溜走、从水底下潜逃，还是游泳脱身，他总是最快的一个。

在所有南极居民中，海象是企鹅的天敌。海象身形巨大，贪吃成性。在他们的“菜谱”中，企鹅总是被当作上等美味。

此外，“大脚兽”也是企鹅的死对头！那帮家伙乘着铁甲船，气势汹汹地冲到冰海上来抢夺企鹅。至于抢走之后的更多细节，也就无人知晓了，因为被抢走的企鹅无一生还，没有谁能向大家讲述大脚兽的情况。

帝企鹅是南极洲最大的一种企鹅，也是世界企鹅之王。有一天，塔明诺在课堂上听说了帝企鹅国王的女儿娜努玛公主的悲惨遭遇：几年前，娜努玛被大脚兽劫持，从那以后再也没有回到她的南极老家。她的父亲企鹅王伤心至极，从此茶饭不思，每天只吃一斤左右的磷虾；终日闭口不语，对国事不理不问。可怜的帝企鹅们就像生活在一艘随波漂荡的船上，船长长年卧病舱室，无人掌舵，也没人照料。大家争吵不休，关系恶劣，不再互相关心、互相爱护。到处都是混乱的局面，帝企鹅们陷入了无望的境地！其实大家心里很明白，只要有奇迹发生，只要他们的公主回来，这种糟糕的状况就会有所改变。但企鹅王伤心欲绝，企鹅国民也为他郁郁寡欢。他们每个星期一晚饭后聚集在帝企鹅山的山头，一起向着远方哀号，呼唤公主回来。他们的呼喊撕心裂肺，让人听过之后再也无法忘记。

这样的呼号，塔明诺、阿兹和其他的南极孩子也曾多次听过。孩子们原以为，那是可怕的风暴的怒吼，因而他们也都把它称作“周一大风暴”。

放学回家的路上，塔明诺陷入了沉思，他想到了娜努玛，想到了帝企鹅国王和国民。他多么渴望能帮助他们啊！可是成年企鹅都不能办到的事情，他小小年纪又怎么能够做到呢？可是他又想：如果我被抓走了，不能再和爸爸妈妈待在一起了，我会有什么样的感受呢？想到这里，塔明诺觉得非常难过。

他噘起嘴巴，不知如何是好。一阵强烈的悲伤突然向他袭来。他坐到冰海的一个小冰丘上，泪如泉涌，咸咸的泪水将他脚下的雪慢慢融化了。

融化的雪水径自流进冰海，想必把海水也染得更咸了——因为这时，突然从滚滚潮水中浮出一只巨大的座头鲸，骂骂咧咧道："你非要把我的浴缸弄得更咸吗，小鬼头？"

塔明诺吓坏了，立刻停止了哭泣，两只大眼睛呆呆地瞪着大鲸。

“别这么瞅着我，小企鹅，”大鲸气呼呼地说道，“告诉我，你为什么坐在这里，还要把本来就已经够咸的海水弄得更咸？”

塔明诺清了清嗓子。他的喉咙已经哽住了，费了半天劲儿，终于支支吾吾地说：“因为……因为我很难过。”

此时大鲸静静地躺在水面上，把身子往下方沉了沉，摆摆他巨大的尾鳍，好让身体保持平衡，不至于被潮水冲走。“那我可以帮你吗，小朋友？”他沉思了一会儿，然后问道，“如果我帮不了你的话，你可以继续在这里哭号，那我就只能在更咸的水里游泳了。”

过了一会儿，塔明诺渐渐恢复了嗓音，可以开口说话了。他向座头鲸讲述道：“今天我听到了帝企鹅国王的女儿——公主娜努玛——的故事。她被大脚兽抓走了，处境非常悲惨，却没有谁能够帮得了她。这让我好难过，而更让我伤心的是，我不能给她半点帮助。”

“你怎么知道你不能呢？”大鲸扑哧扑哧地说着，向空中喷出一个巨大的水柱。

“因为，我不过是一只小小的企鹅，我怎么可能斗得过大脚兽呢？况且我也根本不知道怎样才能找到大脚兽啊。”塔明诺答道。说完这些话，他拼命忍住眼泪，才没有让自己又哭出来。

此时，大鲸扑哧扑哧地喷出一个更大的水柱，把塔明诺完全笼罩在了雨雾中。然后他平静地问:“小朋友,你叫什么名字?”

“我叫塔明诺,企鹅塔明诺。”

“我是座头鲸艾弗莱姆。”大鲸说道,“现在你仔细听着,尽管我很少给人提什么建议,我宁愿潜水也不喜欢说话,更没有兴趣与人聊天,但我要告诉你:你的身躯虽然弱小,但你可以做出伟大的事情。该不该行动起来,踏上征途,要不要寻找公主,把她救出苦海,其实你已别无选择。因为,你已经在路上了!”

“已经在路上了?”塔明诺插了一句,“艾弗莱姆先生,您的意思是……”

“你的眼泪就是你征途的开始,小企鹅。你已经走在路上了。如果你在途中寻找到爱,你就会实现你的目标。带着爱,你也就可以找到娜努玛了。”

“‘爱’?”塔明诺问道,“‘爱’是什么?”

“那是你必须凭自己的努力才能找到的东西,孩子。人人各有所爱。你找到了自己的爱,就可以找到娜努玛。”说完这些话,艾弗莱姆瞬间消失在潮水中,就像他刚才浮出水面时那样迅速。

塔明诺呆呆地在原地坐了一会儿。随后,他踏上了回家的路。他打算回家问问妈妈,“爱”究竟是什么。因为不管有什么不解的问题,他总会到妈妈那里寻找答案。这次也一样!

一路上,塔明诺都在自言自语地念叨着“爱,爱,爱……”,好使自己不会忘记。

吃过晚饭，企鹅爸爸像往常一样坐在电视机前看节目，塔明诺帮助妈妈收拾餐具，看来，时机到了。企鹅妈妈刚把最后一只碟子放进洗碗槽里，塔明诺就鼓足勇气问道："妈妈，爱到底是什么东西？"

"爱呀，塔明诺，爱是企鹅所能体验到的最美的东西。当你体验到爱时，你会感到有东西在你黑礼服上酥酥地爬动，在你的胸中温柔地涌动，而且你会希望这种感觉永远不要停止。"

"那我什么时候才能体验到这种感觉呢？"塔明诺问道，他已经急不可耐了。

"别着急，有一天你会找到爱的，"妈妈回答，"好了，现在去睡觉吧。我已经为你的小床铺了一层新鲜的冰块。"她吻了吻塔明诺，带他上床睡觉了。

塔明诺整夜都不能合眼。妈妈的话总在他脑中盘旋："有一天你会找到爱的！"

艾弗莱姆也说过，他会找到爱的。但是得行动起来，一步一步地去实现哪，否则怎么可能找到爱呢？问题是，他现在该怎么办呢？

塔明诺躺在冰垫上翻来覆去睡不着。

突然一个念头如暴风雨般闪过他的脑海：如果他们能够找到爱，那么自己也可以去寻找爱！艾弗莱姆提到的"路"一定是存在的，他曾说过："你已经在路上了。"

塔明诺闪电般地跳下床，他要去寻找爱。他已经明白，什么是爱。当有东西让身体酥酥发痒，那一定是种特别的东西。只要带着这种特别的东西，一只小小的企鹅也能做出伟大的事情！

塔明诺用嘴在他小房间的冰地板上刻了几行字，是给他爸爸妈妈的留言：爸爸妈妈，我要去寻找爱。等我找到了爱，就可以解救娜努玛公主，到时候我再回到你们身边。

他摇摇摆摆地跨出家门，这是他平生第一次深更半夜站在自家门前。

冰海横亘眼前，如往常一般风平浪静。此时，皎洁的月光倾泻在南极的冰雪上，洁白的冰雪又映射着明亮的月光，二者交相辉映，万物都被笼罩在一层奇妙的光辉中。

塔明诺爬上一个小雪丘，想登高远眺，来判断“爱”最可能在哪个方向。

右方，他双眼所及全是厚厚的冰块。爱不可能在那里。因为冰块覆盖了全部水面，要想从水下探出头来换换气，那简直比登天还难。在这种情形下潜水，那几乎是不可能的。

左方垂悬的天幕上布满了大片大片的雪成云。爱肯定不会在那里，因为妈妈压根儿没有提到过雪。

身后是塔明诺的家和南极联合学校。这一带他再熟悉不过了。这里也不可能有爱的存在。

好吧，只有一直向前！

只听扑通一声，塔明诺跳进了冰海。他径直向前游去，渐渐消失在远方。

第二章

# 在海象的獠牙下

深夜的海水比白天更加冰冷刺骨。此时，整个冰海被冻得就像一团黏黏的糨糊，要在海里活动，那可是十分费劲的事情。塔明诺时而沉入大海深处潜水，时而又浮上海面游泳。数小时之后，他已筋疲力尽了。

终于，一片“陆地”映入眼帘！其实，那哪是陆地，那是浮在海面上的一大块冰！塔明诺想：唉，管它是陆地还是冰块，先休息一下再说吧。趁黑礼服上还没有酥酥发痒，赶紧闭目养养神。然后嘛，爱的感觉才会充溢全身！这个主意看上去很不错哟！

此时，正好一小块冰漂浮过来，像座小桥一样搭在大冰块上，塔明诺通过这座“浮桥”顺利地爬上了他刚刚发现的“新大陆”。

此时，清晨的第一缕阳光放射出温柔的光芒。在它的照耀下，大冰块俨然成了冰海上的一个大阳台！

塔明诺困极了。他躺在被太阳晒得暖洋洋的“阳台”上，一会儿就舒舒服服地睡着了。

他睡呀睡呀，也不知睡了多长时间，突然一阵刺骨的寒冷把他冻醒了。他伸了伸懒腰，慢慢地睁开眼睛。哦，太阳已经爬得老高了！他也不能偷懒，该动身继续前进了！

塔明诺还在半梦半醒的状态中，他感到自己身上覆盖了一大片阴影。如果根据突如其来的一阵寒冷来判断，那也许是一片云遮住了太阳的脸吧！可奇怪的是，这“云”居然开口说话了！塔明诺马上清醒了。他不由得全身上下打了个寒战，这种寒冷的感觉是他从来没有经历过的。从小在南极长大的塔明诺喜欢一切冰冰凉的东西，但这种寒冷，让他平生第一次感到极不舒服。

“哈哈，我的早餐！”这个声音在说，“还不用我亲自动手！”

原来这“云”不是别的，而是一头高大肥胖的海象！他正站在塔明诺面前，虎视眈眈。

可怜的小企鹅战战兢兢地站起身，晃晃他的双翅，嘴唇打战地说道：“早……早上好啊，海……海象先生！您这么早就出门了？”

“是啊，黑礼服小子，”海象回答道，“要知道，为了一顿像样的早餐，我一大早就起来了，寻找了几个钟头呢，居然一无所获。现在倒好，你亲自送上门来了！”

塔明诺颤抖得越发厉害，他一面拼命掩饰自己的颤抖，一面回答：“可惜我身上没带什么吃的呀，海象先生。我是企鹅塔明诺，我正在寻找爱！”当然，他只是装出一副傻乎乎的

样子，好像不明白海象要干什么。事实上，这个贪婪的捕食者打的什么算盘，塔明诺心里清楚得很呢。

“很好，”海象流着口水回答说，“我叫哈拉尔德，我正在寻找一顿早餐。你已经找到了爱，因为我就很爱企鹅！”

“您认为，我要寻找的爱就是被您吃掉吗？”

“你又说对了，”哈拉尔德吹着胡子说，“现在好好准备准备吧，黑礼服小子！如果你味道还不赖，我会加倍爱你的！”

塔明诺记起妈妈说过的话：“爱是企鹅所能体验到的最美的东西。当你体验到爱时，你会感到有东西在你黑礼服上酥酥地爬动，在你的胸中温柔地涌动，而且你会希望这种感觉永远不要停止。”他摸摸身上，想确认一下，是否有东西在他的黑礼服上、在他胸中或者在身体其他地方酥酥地爬动。但除了全身上下不住地颤抖以外，他没有感觉到其他任何东西。而且他绝不相信，一只企鹅会甘心被这个湿漉漉、滑溜溜、灰头灰脑的大块头干掉。世上一定会有更美丽的东西存在！

塔明诺必须尽快想出一个法子，因为哈拉尔德看上去不大乐意为他的早餐久等。

有办法了！“哈拉尔德先生，告诉我，”塔明诺尖声尖气地问道，“您只吃企鹅吗？”“不，”海象用低沉的声音回答说，“我最爱吃的是鲭鱼，但没有鲭鱼时，企鹅也将就！”“那您为什么不去抓几条鲭鱼呢？我这只企鹅，肉又少，皮又硬，不好吃。”塔明诺说道。他盼着哈拉尔德能够上他的钩。“因为这周围没有鲭鱼啊，”哈拉尔德说，“所以我只得把你当替代品了！”

塔明诺把双翅交叉在背后，来来回回、上上下下地踱着步子。哈拉尔德吃惊地看着他，脑袋随着他脚步的移动晃过来摆过去，就像在看一场冰上雪球赛。

过了一会儿，塔明诺突然停下来，瞪着越发惊讶的哈拉尔德，发出“呲，呲，呲”的声音。

哈拉尔德张大了嘴巴，瞪圆了眼睛，结结巴巴地问道：“呲，呲，呲？”“呲，呲，呲！”塔明诺一边回答着，一边又开始来回踱步。

“怎么会这样？”哈拉尔德叫唤道，他咆哮着，想以此来掩盖自己的疑惑，“我就要把你吃掉了，你却一个劲儿地叫

‘呲，呲，呲’？”

塔明诺又一次停下来，站在那里晃动他的脚，就像海豹老师要孩子们仔细聆听她的话时那样。他费了很大劲儿才做出一副深沉的模样，说：“像您这么一头巨大的海象，竟然连个朋友都没有吗？”

“你干吗问这个？”哈拉尔德不解地问道。他现在不吼也不叫，因为他已经被弄得一头雾水。

“因为我太惊讶了！难道您的朋友从来没有告诉过您，就在眼前这片大海里，一大群鲭鱼迷了路？”

“鲭鱼？”哈拉尔德问道，他笑得脸上乐开了花，“一大群鲭鱼？”

“大概有五百二十三条。您只需跳进海里，潜到水深约七米的位置，就可以找到它们！”

哈拉尔德脸上的笑容立刻消失了。“七米深！”他叹了一口气，“我潜不到七米深。我太肥太重，如果潜下去，恐怕就再也上不来了。”

“但是企鹅能啊！”塔明诺应声说，他一直在盼着哈拉尔德落入他的圈套，“哈拉尔德先生，如果您愿意的话，我可以潜下去帮您捞几条鲭鱼上来。”

哈拉尔德兴奋得摆动双鳍，跳起了小步舞，还高兴地欢呼起来：“跳下去吧，黑礼服小子，跳啊！我馋得受不了啦！我不知道有多长时间没有尝到鲭鱼的味道了。”

塔明诺再也没多说什么。只听哗啦一声，他跳进冰海，赶紧潜水逃走了。

等到哈拉尔德回过神来，发现这是个骗局时，他暴跳如雷，咆哮怒吼，声音大得连靠近南美大陆的火地岛上的居民都能听见。当然，塔明诺从此再也没回来。

由此可见，人们咆哮怒吼常常是无济于事的。

塔明诺继续向前游去。他要找到真正的爱，解救企鹅公主娜努玛。

## 第三章

# 最最古怪的飞行器

塔明诺寻找爱的历程注定是一段漫长、奇特的旅途，一段他永生难忘的经历。

逃离哈拉尔德后，他径直向美洲方向游去。——“径直”二字不能表现出他一路的艰辛，事实上，前方路途遥远，充满凶险。

但幸运的是，在游了大约二十三点五海里后，塔明诺看到海上漂浮着一块小冰块。于是，他用尽最后一点力气爬上了他的“救命岛”，挺直腰身站在上面，并借助身体的左右摆动来控制冰块，以此越过重重波浪。

就这样，不知不觉中，塔明诺自创了“企鹅式冲浪”。这简直太了不起了，不是吗？

我们的黑礼服小子在海上航行得越来越远，而他的冲浪板也越变越小。这是因为，随着他离南极越来越远，天气也变得越来越暖和。塔明诺全神贯注地保持身体平衡，一开始并没有注意到这一点。可是冰块忽地一下全都化掉了，我们的小冒险家正好掉进太平洋和大西洋的交汇处，还喝了好几口水。这个地方叫作“合恩角”，位于南美洲大陆最南端，两大洋在此相遇，汇合后又分开，再各自奔往不同的方向。

没有了冲浪板，塔明诺只好划动双翅游完剩下的路程。他刚到岸边，一只海鸥就友好地跟他打招呼。

“你好，小朋友！”海鸥向他致意，“你也是合恩角人吗？”

“什么什么角？”塔明诺问道。双脚又踏在了坚实的陆地上，他心里挺高兴。而更让他美滋滋的是，在这里还能听到如此亲切的问候。

“我是说，合恩角。”海鸥颇为骄傲地重复道。他暗自得

意，塔明诺竟然不懂这个词：“谁绕着合恩角走上一圈，他就可以称自己是合恩角人。”

“哦，不，”塔明诺答道，“我不是合恩角人。我是从南极来的企鹅塔明诺，我在寻找爱。”

“哦，你是说拉莫！”海鸥跳舞一般地迈着两条细腿，“在这里你是找不到她的。”

“不，我不找什么拉莫，我要寻找爱。”塔明诺纠正道。

“哦，他要找阿莫儿。”突然另一个声音传来，听得出，这是另一只海鸥插嘴进来。这只海鸥滑翔到塔明诺身边，嘴里哼着轻快的小曲儿：“阿莫儿，阿莫儿，阿莫儿……”

“不不，先生，”塔明诺有点生气地打断了他，“我也不是来找什么阿莫儿的，我要寻找的是爱！”

“弗雷德里柯，你来告诉他好吗？”第一只海鸥说，“要不，这个任务交给我？”

“还是你来吧，亲爱的朋友。”第二只海鸥说完，又继续独自哼他的“阿莫儿”去了。

第一只海鸥扑棱扑棱翅膀，越过地面降落到塔明诺身边，然后坐了下来。塔明诺心情有些紧张，他不知这只友好的海鸥要给他讲些什么。

“喏，小朋友，所谓的‘阿莫儿’其实就是‘爱’，‘爱’也就是‘拉莫’，这只不过是用不同语言来说而已。”

第二只海鸥一边飞来飞去，一边接过话茬说道：“我叫弗雷德里柯，来自意大利。在意大利语里面，爱就叫‘阿莫儿’。这是陪我一起远程飞行的旅伴，叫弗雷德里克。他来自法国，那里的人把爱叫作‘拉莫’。”

说完，他也坐到塔明诺的身边，把一只翅膀搭在他肩上。“你知道吗？”这只意大利鸟说话也像在哼曲儿，“朋友，你在这里寻找爱只是白费力气，因为爱不在这里。和我们一起去欧洲吧，那里才有你要找的爱。”

“欧洲？”塔明诺问道，“欧洲在哪儿？”

“只要飞行几个钟头，越过大洋，我们就可以到欧洲了。”弗雷德里柯回答说。他一边说着，一边已经伸展翅膀，开始为长途飞行做准备活动。

“飞行几个钟头……”塔明诺应声说，“可是我们企鹅压根儿就不会飞啊！”

“我们能啊！”弗雷德里克用他带着鼻音的法国腔说道，“我们觉得你挺和善，愿意送你一程！”

“不过有个条件，”这时，弗雷德里柯插嘴说，在他们说话的当儿，他已经做完了热身运动，“当你找到爱的时候，请跟她说一声，让她有时间的时候也来拜访拜访我们。我们也非常需要那么一点点的爱。”

“我们也不知道爱是什么，但既然所有的人都热情地谈到她，那她一定不是什么坏东西。”弗雷德里克补充道。

“我也是这么想的。我找到爱的时候，我会把你们的话转告给她的。”塔明诺许诺说。他非常高兴遇上了两只如此善良友好的外国海鸥。可不是任何一只南极小企鹅都会如此幸运呢！

“那就准备一下吧，塔明诺。我们可以即刻起飞。你坐在我背上。我载你第一段路途，弗雷德里克载你第二段。”弗雷德里柯说着，俯下身去，让塔明诺坐到他背上。

小心翼翼地，非常小心翼翼地，企鹅塔明诺爬到了弗雷德里柯的背上，然后更加小心地、慢慢地把身体坐上去。

“好，小朋友，”弗雷德里柯叮嘱说，“飞行就要开始了，你现在一定要坐稳，知道吗？”

“知道了。”塔明诺不太自信地回答道，他还是有点害怕。毕竟还没有一只企鹅真正飞行过，当然那些马戏团的企鹅除外，但他们也只不过是从这架秋千飞到那架秋千上而已。

“好了，现在，我代表航空公司所有成员祝愿您旅途愉快，尊敬的先生！”弗雷德里克说完，开始垂直起飞。

载着乘客的弗雷德里柯也做了同样的尝试，可是刚飞行了二百二十八厘米，就不得不“机腹”着陆，来了个迫降。

“把你弄疼了吗？”塔明诺问道，他感到一阵恐惧，“我能为你做点什么吗？”

“不，不。我刚才只是低估了我身上制服的重量。我们马上重来一次。”弗雷德里柯回答说，然后助跑了几米。这次，我们的海鸥飞行员成功地升上高空，并且至少飞出了一千零五十七厘米。突然间，塔明诺又觉得身子往下一沉！要不是弗雷德里克在最后时刻飞冲到朋友的腹下让他及时刹住，弗雷德里柯和塔明诺肯定不会那么轻易脱险。

现在好了，两只大鸟有节奏地轻轻挥动双翼，渐渐越飞越高，一直飞向大西洋上方的高空。两只海鸥重叠着飞翔，这是多么有趣的场景！

就这么偶然地，弗雷德里柯和弗雷德里克发明了“海鸥双层飞机”。

三个伙伴在高空中飞行，穿过一层层厚厚的云。那洁白的云朵就像南极的冰雪一般，这让塔明诺不由得想到自己的家乡，想到爸爸妈妈。不声不响就离家出走，爸爸妈妈一定很生他的气。他想到海豹老师，她也一定不满意自己的这种行为。他还想到要好的伙伴阿兹。至少阿兹会理解这一切吧？但是塔明诺又开始怀疑，自己的离家出走是不是会给父母和老师带来很多麻烦。有可能他根本就找不到爱，那样的话，一切都白费了。

正当这一疑虑从他心中升起，快要卡到他嗓子眼上时，座头鲸艾弗莱姆的身影适时地浮现在他的脑海里。不错，是他鼓励塔明诺踏上旅途的。

当然，塔明诺也可以请求两只海鸥中断去欧洲的旅行，直接掉头把他送回南极老家。但那样的话，他一辈子也解答不了这个问题：一只小小的企鹅是不是能够做出伟大的事情？同样还有一个问题：如果他，南极学校的企鹅塔明诺，救出了娜努玛，在他的帮助下，帝企鹅的国民们会不会重获幸福呢？如果现在就退却，那他一生都会被这个问题所困扰：到底什么是爱？

不，不能退缩！

再说，塔明诺的认知已经逐渐清晰：世界上一定存在爱！只不过每个人都有自己的看法。或许人人都在寻找爱，就像弗雷德里柯和弗雷德里克。

突然，塔明诺从沉思中清醒过来。这时，弗雷德里柯和弗雷德里克开始往下飞行。

“发生什么事了？”塔明诺害怕地问。

“没事，没事，小朋友，”弗雷德里柯安慰他道，“我们有点饿了，想抓几条鲭鱼填填肚子。我们现在要做个俯冲，希望能在水里捞到一点美味。”

“塔明诺，我们也为你抓上几条，怎么样？”弗雷德里克自愿提供服务，“要知道，这里的鲭鱼成群结队，捕捞它们简直易如反掌！”

他们呼的一声俯冲下去。弗雷德里柯在上面驾驶，下面的弗雷德里克伸出尖喙，脑袋闪电般扎进海里。他接二连三地捞了几条鲭鱼，不费吹灰之力。他飞快地把前两条鲭鱼分别递给上面的塔明诺和弗雷德里柯，而留给自己的第三条鲭鱼，他嚼都不嚼就吞了下去。

塔明诺想：事情就是这样奇怪，抓鲭鱼对于海鸥来说如此轻而易举，可是海象却因为抓不着它而差点要了我的小命！

渐渐地，夜幕开始降临。西沉的太阳舔着海平面，看上去，她好像是泡在大海浴缸里洗澡呢。当她慢慢下沉到地平线以下时，我们的三个伙伴还在继续飞向远方。

# 第四章

# 初闻大脚兽

和弗雷德里柯、弗雷德里克一起究竟飞行了多长时间，塔明诺自己也不清楚。

这次旅行是一次绝无仅有的体验，是一次飞升和降落的冒险。他时而全身冰凉，时而又浑身冒汗；时而心生忧虑，时而又充满希望。从高处俯视让他感到头晕目眩，飞行产生的气流使他双眼流泪，而高空的寒冷也冻得他四肢瑟瑟发抖。担心、恐惧、喜悦，这一切的感受都混杂其中。

这种复杂的感受也使他明白：他真的没有回头路可走了。其实，打从他为娜努玛哭泣的那一刻起，他就已经踏上了一条不归路。在那之前，他从来没有为别人而哭过，最多只是别人的行为让他伤心流泪，比如说阿兹在球赛时又犯了一次规，或者企鹅爸爸每天晚上都坐在电视机前看节目而没有时间陪陪塔明诺，诸如此类。但那次，他坐在冰块上哭泣，真正是发自内心地为娜努玛流泪。

那次哭泣时的感受和现在这种复杂的体验毫无二致，

甚至不用塔明诺去确认这种感受何时才存在，因为这种感受一直在那里，根本不会消失！那它究竟是什么呢？

想到这里，塔明诺突然觉察到，两只海鸥已经不再向高空飞行，而是朝着海上漂浮的一口锅飞去。

这口锅冒着腾腾的蒸汽，简直就跟妈妈做鱼汤时用的锅一模一样，所不同的只是这口锅能在水上游来游去。

三位旅行者离水上的大锅越来越近，看得也越来越清楚。这时塔明诺才发现，那口在大海里游泳的“锅”或许根本不是锅。

那口“锅”的中间有一个巨大的圆木桶，木桶有门，有窗，有盖子，还有一个大肚子。大肚子里面横七竖八地躺着上千条小鱼，他们没有水喝，口渴得蹦来跳去。

“弗雷德里柯，”塔明诺叫道，“为什么我们要飞到这口锅上？”

“弗雷德里克，”弗雷德里柯又大声地向他身下飞行的伙伴喊道，“我们的乘客想知道，为什么我们要飞到这口锅上！”

“因为我们得休息休息，交换一下位置。否则，就我一个可承受不了超负荷的全程飞行，塔明诺。”弗雷德里克一边回答着，一边开始着陆。

我们这架富有生命力的“飞行器”非常平缓地降落到大锅上，安全着陆。

“我们降落的这口锅多么稀奇啊。”塔明诺睁大眼睛环顾四周，充满敬意地小声说道。

“一口锅？”弗雷德里克道，“朋友，如果它真的是锅也就罢了，但现在它是一艘船。这里人来人往，我们必须多加小心。”

“人？”塔明诺问道，他的眼睛瞪得更大了，“人是什么？”

弗雷德里柯望着不谙世事的小企鹅笑了笑，在他旁边坐下来，解释道：“小塔明诺，我很奇怪你竟然从来没听说过人！或许你的问题应该是：‘什么是人类？’”

“好吧，那什么是人类？”塔明诺重新问了一遍他的问题。

“人类啊，塔明诺，人类跟你、我、弗雷德里克和其他生物一样，是这个世界的一部分。不过他们和我们之间也有一些区别。”弗雷德里柯解释道。

“什么区别？”塔明诺表情疑惑地继续问道，看来他对一切新鲜事都有着极大的兴趣和热情。

就在他们说话的当儿，弗雷德里克到船上四处巡视了一遍，看看附近有没有危险。这时他坐到他们身边，接过话头说道：“就像刚才弗雷德里柯所说的那样，人类和我们一样，是这个世界的一部分。不过有时他们忘记了这一点。自从有了这个世界，人类就一直有这个毛病：他们认为，世界只属于他们，只有他们才是万物的主宰。”

弗雷德里柯又补充道：“这本来也不是什么严重的问题，因为世上所有生物都是这么看自己的。但最糟的是，人类不但这么想，他们还这么做。他们掠走想要的一切，唯一的理由只是：他们是人类。为了填饱肚子，他们吃光大海里的鱼；他们把垃圾扔得到处都是；只要是有眼前利益的事，他们就什么都做。满足了自己的需要以后，他们才会抬起眼皮看看，别的生物过得怎样了。”

弗雷德里克此时差不多是在生气地叫骂：“人类做出这些事，不过是仗着自己身形强壮、头脑聪明，以为这样就可以为所欲为。可你们看看，大象的身体比人类的可强壮多了。可是大象从来不做有损人类的事，因为实际上，他们要比人类聪明得多呢！”

塔明诺仔细倾听着，既紧张又兴奋。他认真地思考着伙伴们讲述的一切，竟然没有发现，弗雷德里柯和弗雷德里克什么时候已经闭上了嘴巴。当他注意到这一切时，恍若从睡梦中惊醒。

“那人类到底是不是我们的敌人呢？”塔明诺问了一句，打破了沉默的气氛，“我是指，他们是不是所有其他动物的敌人？”

“话倒不能这么说，”弗雷德里柯解开了他的疑团，“他们不一定就是所有动物的敌人，而且也不能简单地说，所有的人都是相同的。但我敢肯定的是，对于你们企鹅，人类是非常危险的敌人。我亲眼见过，他们是怎样抓走你的同类，还把他们从南极一只只运走的。”

弗雷德里克补充说：“是啊，是啊，我们当时只能从空中俯视他们。他们头上长着鸟巢一样乱蓬蓬的毛发，而且脚非常肥大。”

塔明诺听到这些话，就像遭到了一个大雪球的袭击，恐

惧轰隆隆地撞击着他的全身。难道人类就是他们说的大脚兽？就是那帮驾驶着像这口大铁锅一样的东西冲到南极来，还把娜努玛公主劫走的家伙？

塔明诺正想向两个朋友问问清楚，他们却突然尖叫着飞走了。

塔明诺还没来得及搞明白他们为什么这样不辞而别，自己就突然被什么东西罩住,放进了一个黑洞洞的箱子里。

他害怕得心都吊到了嗓子眼儿。他不知道自己被关在了什么地方，只听到那个黑洞洞的箱子发出嘎啦嘎啦的声响,比冰块四分五裂时还要难听。

这次逃不掉了，这次他可不会像在胖海象面前那么走运了。他将永远回不到南极,见不到阿兹,见不到父母了,更别提要找到爱和娜努玛公主了,塔明诺心想。

## 第五章

# 焦虑与思念

“塔明诺！”企鹅妈妈焦急的喊声穿过南极南边的雪地。“塔明诺，你在哪儿？”企鹅爸爸忧虑的呼唤声在南极西边的冰山间回荡。

“塔明诺，快吱个声！”这是阿兹在南极东边呼喊。“塔明诺，你躲哪儿去了?！”同学们的声音在南极北边响起。

整个南极陷入一片慌乱，大伙儿都在寻找这个突然失踪的小孩。

悲伤的帝企鹅国王也亲自出马，大力协助寻找塔明诺，因为这次失踪事件越发勾起了他对女儿的思念。这是自娜努玛失踪以来，他第一次向全国国民发号施令，准确地说是下达了两条命令：所有帝企鹅国民都必须参与寻找塔明诺的行动。此外，他们还应该在每个星期一向着远方呼喊，像呼唤他女儿那样呼唤塔明诺回来。

南极企鹅电视台播报了带有塔明诺照片的“寻鹅启事”。启事上说，谁要是能提供塔明诺失踪的线索，谁就可以获得一百四十七公斤鲭鱼作为报酬。

为了这笔奖赏，塔明诺的同学们又是潜水又是游泳，上下搜寻他的下落。有的潜到深海，想看看塔明诺是不是在深水的洞穴里迷了路；而有的则把冰晶森林仔细搜查了一遍，因为塔明诺平时最爱在那里散步。

塔明诺的爸爸妈妈更是担心，不知该怎么办才好。

塔明诺离家时，原本用嘴在房间的地板上刻下了给爸爸妈妈的留言。但那些字一夜之间就融化得干干净净，冰块地板上什么都看不到了。企鹅妈妈做梦也不会想到，塔明诺的失踪跟他前一天晚上询问的“爱”的问题有关。

那天早晨，她像往常一样把一盘新鲜的鲭鱼点心和一大杯冰水端到塔明诺的房间里，想叫他起床。当她发现儿子不在床上时，她也没怎么担心，因为她知道塔明诺常常很早就从被窝里蹦起来，到外面练习一会儿速泳，然后再吃早饭。可当他午饭时间都还没回家时，企鹅妈妈就开始起疑心了。她急急忙忙拨通了海豹老师家的电话。

“喂，是海豹女士吗？”

“喂，我就是！”

“您好，海豹女士！我是塔明诺的妈妈。您知道这孩子为什么这么晚了还没回家吗？”

电话那头突然沉默下来，出现一片冰冷的静寂。这种刺骨的冰冷连在电话另一头的企鹅妈妈都能感觉到。

她迟疑地问道：“喂，海豹女士，您还在吗？为什么您不回答我呢？”

海豹女士这才向可怜的企鹅妈妈解释道，塔明诺今天没去上学。

她们俩都惊呆了。在南极，如果有谁突然神秘失踪的话，大家都明白，那意味着什么……

海豹女士立刻以其独有的臂肘爬行方式火速赶到塔明诺家。她想，或许她的到来能够给困境中的企鹅父母一点力量。她尽力安慰企鹅妈妈。但企鹅妈妈的情绪很不稳定，她认为，海豹女士是不会明白失去亲人的痛苦的。

这时，海豹老师讲起了她的丈夫，高级中学的参议教员海豹博士。二十多年前，他也像塔明诺这样突然神秘失踪了，再也没回来。

“您知道，企鹅夫人，我非常理解您内心的恐惧。就是现在，每当我想起我丈夫时，我心里仍然很难受。但您也不必过分担心。您的塔明诺不会那么轻易就被几只大脚兽抓走的。他是南极学校里最棒的游泳健将！”

“可是他会在哪儿呢？”企鹅妈妈问道。

“是啊，会在哪儿呢？在哪儿呢？”海豹老师也茫然了。

第六章

# 都是爱惹的祸

不知在箱子里待了多久，对于塔明诺来说，时间长得就像他有生以来度过的所有日子的总和。那种嘎啦嘎啦的声音终于停止了——看来，箱子被放了下来。

塔明诺屏住呼吸，紧张地等待着将要发生的事情。这时，他的“监狱”被打开，一束光照了进来。有什么东西把他从箱子里拎出来，又将他放到一个光滑的大平面上。奇怪的是，这个平面不如冰那么冷，还长着四条长腿。

平面前坐着一只年纪不大的大脚兽，他正盯着塔明诺看。塔明诺害怕得全身哆嗦。他想，这次自己离上帝已经不远了。

大脚兽又盯着塔明诺看了一会儿，然后把手凑了过来。他闪电般地缩成一团，以保护自己不受攻击。

那手慢慢、慢慢地伸向他。没有退路了，塔明诺心想。他闭上眼睛，把身体尽量贴着平面，等待命运的审判。

他感觉到，这只手越来越近，越来越近……然后竟然开始抚摸他！塔明诺想，这一定是在做梦！但这只手又抚摸了他一次。

恐惧开始消散，更大的疑惑又从心里升起。这怎么可能，大脚兽没有伤害他，甚至还抚摸他？

“不要怕，小企鹅，”大脚兽突然对他说话，“我把你带过来，不是要伤害你。如果你被船长发现，那可就惨喽。”

塔明诺不太理解人类的语言，他听懂的意思大概是，这个家伙对他没有恶意，而且在保护他不受一种什么东西的伤害。船长，塔明诺猜想，一定是企鹅最危险的敌人之一。

“哦，对不起，我还没有自我介绍呢！我叫菲特，是这艘船上的厨房伙计。非常高兴认识你，小企鹅。”大脚兽继续说

道，“你不用怕我。我很乐意在这船上有你做伴！和这些成年船员待在一起，我可孤单了。你知道吗？我原先才不愿意出来航海呢！我之所以来到这艘渔轮上，全都是爱闯的祸。”

爱！这只叫菲特的大脚兽说到了爱！塔明诺一听到这个词，耳朵就不由得竖了起来。说不定这个人对他寻找爱会有很大帮助呢！也说不定停在这艘船上并不如想象的那么糟糕！

“你知道吗？”菲特继续讲道，“我以前在老家库克斯港有一个女朋友。她叫美尔勒，像我的家乡一样美丽。两年前的一天，她忽然对我说，她找了另一个男朋友，不再爱我了。这一突如其来的打击让我伤心极了，我感觉整个世界都变得灰暗起来。于是，我决定离开库克斯港，好忘掉那些伤心的往事。你看，爱害得我成了一名水手，或者更准确一点，应该是小水手。因为我才十六岁，还不是一个真正意义上的大人。”

塔明诺仔细地倾听着菲特讲述的这一切，他差不多全都懂了：爱也会闯祸的。

那么，企鹅妈妈到底对不对呢？她认为爱是世上最美的东西。

听了菲特的这番话，他感到自己离找到爱这个目标非常非常近了。即使在菲特看来，爱并不那么完美，但他至少知道什么是爱。塔明诺盼着菲特能继续讲下去。

“好了，已经聊得够多了！”菲特的话打断了塔明诺的思绪，“现在我得去厨房削土豆皮了，而你也该睡会儿，休息休息。我把你重新放到盒子里去，让盖子敞开着。你好好睡觉，等我工作完了，我再来看你。”

塔明诺在心里喊道：“别，别，别！别走，再讲讲！我要找到爱！我没有时间睡觉！”

菲特的手又伸了过来，小心地把我们的小主人公赶到盒子里去。

“好好睡觉！”菲特说完，离开了房间。四周又变得漆黑一片。塔明诺思考了一会儿，慢慢地进入了梦乡。

## 第七章

# 戴上小红帽

当我们的小企鹅从睡梦中醒来的时候，四周又变得亮堂堂的，菲特也站在跟前了。

塔明诺以最快的速度翻身起床，抖动抖动身体，舒展舒展筋骨，等着友好的大脚兽继续讲关于爱的故事。可惜这回他却没有讲故事，而是唱起了歌。他手里拿着个东西，边弹边唱，那玩意儿在南极叫作“企鹅吉他”。

塔明诺想：呀，我以前还真不知道大脚兽也有音乐的天赋呢！

菲特唱道：

嘿，企鹅小小子儿，
长年一身黑外套儿。
过来过来麻利点儿，
给你配顶小红帽儿。
红红艳艳多可人儿，

企鹅也得翻翻花样儿。

干净利落才有精气神儿！

菲特唱完，把吉他放在一边，然后把手伸进上衣口袋里，掏出一团毛茸茸的东西。“过来，我的朋友。这是我从厨房顺手牵羊拿来的一个暖蛋罩，你可以拿它当帽子用，这样你就多点穿戴了。”

暖蛋罩是德国的一种厨房用品，用来给煮熟的鸡蛋保温。菲特把暖蛋罩扣在塔明诺脑袋上，又拾起吉他，准备把刚才那首歌从头再唱一遍。

正在这时，门开了，一只高大的长胡须的年老的大脚兽走了进来。

“菲特，你那儿是个什么东西？”老头问道，“是一只活生生的企鹅吗？”

“是的，船长先生。我正想给您带到甲板上去呢！”

“好小伙儿！我们可以在下一个码头卖掉他。”老头一边嘟嘟囔囔地说着，一边满意地往嘴里塞了一根冒烟的、呛鼻的小木棍儿。

菲特有点手足无措，小声回答道：“船长，您先到甲板上去，我喂完这个小东西就马上把他带到您船舱里去。”

年老的大脚兽惬意地咬着他的那根木棍儿转过身去，离开了房间，嘴里还在嘟囔着“好的”之类的话。

菲特坐在那儿沉默了一阵子，看上去是在想心事。他沉思了一会儿，对塔明诺说：“别害怕。我说过要保护你，不让你受到伤害,我就会遵守自己的诺言。”

他打开房间的窗户，小心翼翼地把塔明诺从盒子里捧出来，准备将他抛向空中:“小企鹅，如果你想获得自由的话,现在就跳吧！跳啊！否则我就没有办法救你了。”

塔明诺再一次回头看了看菲特,灿烂地、感激地冲菲特笑了笑,随后跳进了大海。

重新潜入大海后,他以前所未有的速度游开了。这种速度肯定打破了南极学校的游泳纪录。可惜海豹老师、爸爸妈妈、阿兹和其他同学没能亲眼看到。他一会儿潜水,一会儿自由泳,一会儿像海豚一样仰泳,自由自在,非常快活。一掌来宽的腹部又能贴着水,这种感觉真是舒服极了。

让他最为高兴的是，他在企鹅的头号敌人里结交了一个朋友,而且了解到:原来大脚兽里也有好人。

戴着菲特用暖蛋罩为他做的小红帽，塔明诺迎着太阳游去。

## 第八章

# 风度翩翩的骆驼

在游泳穿越大海的漫长路途中，塔明诺想到了菲特和大脚兽，想到了被菲特吓得惊飞而逃的两位海鸥朋友。但愿什么时候能再见到他们，塔明诺心想，他们彼此还没道别呢！

塔明诺完全沉浸在对朋友们的思念中，连自己被冲到了岸边也没有察觉到。这片陆地上艳阳高照，气候温暖，我们这位来自寒带的朋友还从来没有经历过如此高温的天气呢。

小企鹅决定把这一切看个究竟。脚刚踏上陆地，他就发现，这里的地面漆黑一片，和南极的洁白无瑕正好形成鲜明对比。塔明诺猜想，他恐怕是到了黑色非洲了。

塔明诺小心翼翼地踏着炙热的黑土地走了几步，就发现眼前有许多大脚兽。他们有的半裸着身体躺在海滩上晒太阳，有的在玩一种看上去像彩色雪球的东西，把球在空中抛过来扔过去。

趁没被大脚兽发现，还是快快回到水里为妙，他想。如果这次再被大脚兽抓住，可就不会像在船上那样走运了。

塔明诺回到水里游了一段，四处张望，看有没有人迹稀少的海岸。果然，没游出多远，他就找到了一个这样的地方。他一上岸就被眼前的景象惊呆了：这一带的地面好像完全被一大锅黑色的粥覆盖住了。这种黏稠的东西有点像雪，但坚硬无比，肯定不能像雪那样捏成一个圆圆的球。

地面的温度变得越来越高，我们这位环游世界的旅行者不得不小心谨慎地挪动脚步，慢慢地、一步一步地向大陆中心走去。突然，他的面前出现了一只他曾在教科书里见过的动物。

这下塔明诺完全确信自己到了非洲，因为在他面前站着的是一头骆驼。骆驼正眯缝着眼睛仰望太阳，嘴里还咀嚼着什么东西。

跟教科书里的骆驼唯一的区别在于：眼前这头骆驼的脖子上，围着一条白底绿点的长围巾。其他地方嘛，完完全全一样。

围绿点围巾的骆驼睁开眼看到塔明诺时，友善地笑了笑，简洁明了地小声说道："喔啦！"他说的是西班牙语，意思是"你好"。

"您好，"塔明诺问候道，"您得原谅我，我不懂非洲语！"

"非洲语？"围绿点围巾的骆驼轻声说道，"我说的不是非洲语！我叫何塞·戈麦兹·菲力普·费尔南多·路易斯·迭戈·约阿奎姆·德·兰萨罗特。我是地地道道的西班牙骆驼。"

"啊，这里不是非洲吗？"塔明诺疑惑地问道。

"哈哈哈哈，非洲？"围绿点围巾的骆驼笑道，"如果你想

到非洲去，你还得继续向前游大约一百五十千米，可以到达非洲的摩洛哥。而你现在是在西班牙的兰萨罗特岛上。”

“岛？”塔明诺重复了一遍，“那这个岛为什么黑乎乎的呢？”

“因为我们这个岛坐落在火山上，这个地区被人们称作‘提曼发亚’。在这里，魔鬼曾把他的私愤化作滚滚岩浆，喷射到一切美好的事物上，流满整个岛屿。岩浆遇到水和空气后慢慢冷却，结成一团团坚硬如石的黑块，就如你现在看到的这样。”围绿点围巾的骆驼结束了他的演讲，缓缓站起身来。

塔明诺紧张地抬眼望着骆驼，小声嘀咕道：“魔鬼？他就在这儿吗？”

“小不点儿，不管何时何地，魔鬼总是存在的，尤其在这个岛上。人们都说，这儿是他的老窝。”何塞·戈麦兹·菲力普·费尔南多·路易斯·迭戈·约阿奎姆·德·兰萨罗特总算向塔明诺解释明白了。他又补充说道：“不过，即使那个老魔鬼埃尔——大家都这么叫他——在这儿的话，我也是碰不到他的。对那些坏蛋我可懒得过问，我关心的只是善良美好的事物。连魔鬼也知道这点，所以到现在他也没来打搅我的安宁。如果你是来拜访魔鬼的，那就快快走开吧，我不想与此有任何瓜葛！”

骆驼活动了一下身子骨，抬腿想要离开。塔明诺这时正站在骆驼的两腿之间，他摇摇摆摆地走过来，拦住了他的去路。

“等等，何塞·戈麦兹·兰萨罗特先生，或者，就是您说的那一长串名字的先生！您不要走！我想，您是彻底误会我了！我不是来找魔鬼的，我是来寻找爱的！”

“爱？”围绿点围巾的骆驼问道，“那你怎么偏偏跑到这个岛上来找？”

于是，塔明诺自我介绍了一番，开始讲述他的故事。他讲到南极的帝企鹅，讲到壮烈的哀号和被劫走的娜努玛公主，还讲到座头鲸艾弗莱姆、海象哈拉尔德、海鸥弗雷德里克和弗雷德里柯，此外还有菲特、大脚兽。他又讲到，为了寻找爱，他怎样一次次逃离险境，尽管他还不清楚爱到底是什么。

正说到这里，围绿点围巾的骆驼打断了他的话，突然愉快地唱起歌来。“啦啦啦啦啦啦啦啦……”—— 一个上升音阶，“啦啦啦啦啦啦啦啦……”——接着一个下降音阶。

“啦啦啦？”塔明诺不理解，他只是没有音调地念着，“啦啦啦啦啦啦？”

“塔——明——诺，塔——明——诺，塔——明——诺，你是幸运儿，”围绿点围巾的骆驼继续唱道，“因为我能把爱说——得——清，你从此不必再——打——听！”

“您能给我说清什么呢？什么是我不必再打听的呢？”

围绿点围巾的骆驼换了个曲调，唱着答道：

几番辛苦费思量，
爱为何物我来讲！
看你正直又善良，
我才乐意来帮忙！

“那么，爱究竟是什么东西？”塔明诺兴奋地问道，似乎寻找的目标就在眼前，他可以伸出手来触摸得到了。

这时围绿点围巾的骆驼——何塞·戈麦兹·菲力普·费尔南多·路易斯·迭戈·约阿奎姆·德·兰萨罗特，现出一副庄严的表情，比企鹅奶奶在圣诞夜打开客厅大门准备分发礼物时还要严肃庄重。

“音乐！”他简单干脆地说道，表情比刚才更为严肃。

“音乐？”塔明诺这次是一点都没明白骆驼的话。

“我的小朋友，爱，爱就是音乐。”骆驼轻声唱道。他的嗓音优美，胜过南极所有宣告冬天来临的风声。

尽管塔明诺不明白骆驼的意思，但是他仍然保持着镇静。虽然他不能立刻领会某一个问题的答案，但他确实又向前迈进了一步，到现在为止，一路上都是如此。

他已经学会不懂就问了，于是过了一小会儿，他打破沉寂问道：“戈麦兹先生，您可以更详细地给我讲讲音乐吗？”

这时，骆驼慢慢悠悠地趴下来，开始说道：“世界上没有比音乐更美的东西！没有什么能像音乐那样让人会心微笑，给人美好感受。即使岩浆把整个岛屿烧为灰烬，即使人类在他们称作战争的打斗中互相残杀……即使我们悲伤痛苦，即使我们失去所爱的人——最后，我们还拥有音乐。只有音乐常在！音乐是不能被摧毁的，没有谁能把她紧握手中，也没有谁能将她阻挡。音乐总是常在。”骆驼最后满怀激情地补充道：“但她首先在米兰！”

“在米兰？为什么在米兰？米兰到底是哪里？”

围绿点围巾的骆驼被这只好奇的小企鹅逗乐了，他满脸洋溢着微笑回答：“米兰啊，塔明诺，米兰在意大利，而意大利在欧洲。”

“欧洲！”此时塔明诺又想起了两位海鸥朋友，他们也曾建议他前往欧洲，据说在那里才能找到爱！塔明诺现在坚信自己走对了路。他想更加确信一点，于是更详细地问了一遍：“如果我到了米兰，我该怎样去找到音乐呢？”

“在米兰有一幢叫作‘歌剧院’的大房子。塔明诺，想象一下吧，那里的人们整天都在歌唱，他们唱啊唱啊，从不停歇。塔明诺，你再猜猜，他们一整天都唱些什么？我告诉你吧，他们唱的是爱！”

可是说到这里，围绿点围巾的骆驼突然痛哭起来，他抽泣着说：“啊，塔明诺，我多想陪你一道去米兰啊！我这一辈子都在梦想自己有一天能在米兰歌剧院演唱！我甚至曾给那里的负责人写信表达过我的愿望。但他回信说，骆驼是不能在他们那里演唱的，说不定哪天在埃及建立一座骆驼歌剧院，那时他会考虑我的请求。他还送了我这条绿点围巾作为安慰。因为在那里，每个唱歌剧的演员都系着这么一条围巾，天冷御寒，天热避暑。”

“这不就对了吗，戈麦兹先生？”塔明诺安慰骆驼说，“您看看，您现在有了一条真正的歌剧演员的围巾，您以后也一定能成为一名真正的歌唱家。这一点我深信不疑，就像我坚信能找到娜努玛公主并把她带回家一样。只不过——我到底该怎样去米兰呢？”

“和我的老伙计章鱼一起去。来,跟我走,我会把你介绍给他认识。”

于是，围绿点围巾的骆驼和戴小红帽的企鹅一起向大海走去。

## 第九章

# 八条腿的坐骑

要去拜访章鱼可不是件轻松的事:他们俩得先长途跋涉,然后艰难地登上火山崖,再从那里辛苦地爬下去,一直到达海岸线。经历了千辛万苦之后,这一大一小的两个伙伴终于站在了大西洋边,向着宽阔的海域远眺。

“章鱼到底在哪儿呢?”塔明诺着急地问,他觉得去意大利的进程还不够快,于是烦躁不安地踱着步子走来走去。

“有一天他会来的。”围绿点围巾的骆驼想让塔明诺安静下来。

“有一天?”塔明诺更加不耐烦了,“我可等不到‘有一天’!我必须现在就起程去意大利。不是‘有一天’,而是今天、现在、马上!”

“你为什么一定要急着在今天做完明天也可以做的事情呢?”骆驼不解地问道,“爱又不会跑掉的!”

塔明诺停止了踱步,站在原地一动不动,以至骆驼以为塔明诺和他看法一致。但他心里也没底儿,究竟什么时候会碰到章鱼老弟。

章鱼倒是没让这两个朋友多等。就在这时，他浮出了水面。当他看到何塞·戈麦兹时，他热情地打招呼："喔啦，何塞！"

"喔啦，亲爱的章鱼！"围绿点围巾的骆驼回应道，"你来了真是太好了，我要请你帮个大忙呢。但愿这个请求不会让你觉得太过分！"

"朋友的请求怎么能说过分呢？如果真是那样的话，那就不是真朋友了。"章鱼答道，"告诉我，要我做什么，我马上就可以办到。只要不是叫我上岸来和你一起唱歌剧的咏叹调就行！"

"不是，不是，"何塞·戈麦兹·菲力普·费尔南多·路易斯·迭戈·约阿奎姆·德·兰萨罗特笑着说道，"你只需做一次小小的旅行！"

"旅行？"章鱼问道。

"是的，旅行！"围绿点围巾的骆驼重复了一遍，"这是我的朋友企鹅塔明诺，他必须火速赶往意大利米兰。"

"是的，火速！"塔明诺打断骆驼的话，"因为这事非常非常重要！"

章鱼潜水下去，在水里呼吸了一下，然后重新浮到水面上来，呵着气说："好吧，既然事情那么那么重要，而我又能为朋友的朋友帮点忙的话，我们就潜水上路吧。如果走运的话，我们一个星期可以到达！"

"潜水？"塔明诺小心翼翼地问道，"我在水下顶多待一分钟,否则就会被淹死的,我可不是鱼！”塔明诺眼睁睁看着自己去意大利的希望像肥皂泡一样破灭了。去意大利路途遥远,他根本做不到把头一直埋在水里,这就和章鱼不能在水面上待太长时间是一个道理。企鹅如果潜水时间太长,就呼吸不了。

他向章鱼和骆驼说明了用这种方式旅行是不可能的。然后他转过身,悄无声息地走开了。眼看希望又成了泡影,他心里别提有多难过。

何塞·戈麦兹和章鱼一时也束手无策了。还好,只是一时。因为,聪明的高脚骆驼马上想出了个办法。

“塔——明——诺！”骆驼的高音在企鹅身后响起,“塔明诺,不要走。我们有办法了,你快过来看看！”

塔明诺顿时又充满了希望的喜悦，他转身向两位朋友摇摇摆摆地走过去:“是吗？”

围绿点围巾的骆驼开始解释道:“企鹅不能长时间潜水,对吧？”

“对呀!”塔明诺证实道。

“章鱼必须在水里待着,对吧？”

“是啊!”章鱼回答道。

“那么,为什么你们两个不可以各就各位,都待在自己感觉最舒服的位置,共同协作完成这次旅行呢？”

“可是这该怎么做呢？”塔明诺半信半疑地问道。

“非常简单:你,塔明诺,坐在我章鱼老弟的头上。这样,你就可以呼吸到足够的空气;他也能够把脸埋在水下,不会有呼吸不畅的问题。”

章鱼潜水下去，一会儿又浮上来，气喘吁吁地说道：“亲爱的朋友，这是个好主意！带塔明诺去趟米兰，我也可以换换环境，感受一下外国的海水，还可以顺道去拜访一下我在意大利的老友贝拉·卡拉马利。”

就这样说定！塔明诺和章鱼向骆驼告别。骆驼坚持一定要为两位朋友唱首送别歌。塔明诺被深深地感动了，当他爬到章鱼头上时，拼命地把大滴大滴的泪水往肚子里咽。章鱼也很感动，挥动着他的八条手臂向老伙伴告别。

“分别，”围绿点围巾的骆驼说道，“分别就意味着重逢。如果我们真心希望，那我们一定会在某一天再相会！”

“是啊，我希望我们能再见！”塔明诺抽泣着说。

“那就不要再哭了！笑一笑，为下次重逢而欢笑！”骆驼安慰着小企鹅，“一路顺风！替我向歌剧院问好！”

章鱼把手臂一撑，借助反作用力离开了海岸，带着塔明诺向辽阔的大海深处缓缓滑行而去。

## 第十章

# 怪笑的“石头”

骑着章鱼旅行真是惬意！塔明诺坐在章鱼头上，不但“坐垫”柔软，而且视野宽阔。水面如镜，倒映着蓝天白云，两岸的风光也尽收眼底。他想洗个澡清爽一下，那就干脆滑到水里，双肩紧紧夹在章鱼的手臂之间，既不会沉下去，也不会被潮水冲走。总之，这段旅途真是妙趣横生！

过了七天七小时又七分，他们洗过三次澡以后，塔明诺和章鱼终于到达了意大利海岸。

“我游到岸边放你下来。但我还得继续游到‘鞋跟儿’那边去，我朋友贝拉·卡拉马利在那里。”八条手臂的章鱼咕噜咕噜冒着泡说道，开始准备靠岸。

“‘鞋跟儿’？你指的是什么？”塔明诺惊讶地问道。

“因为我们现在才到靴子的鞋帮部分。”章鱼驾驶员解释说。

“我们难道不是在意大利吗？”塔明诺一边问，一边爬到了岸上。

“是，是，是，已经到了。如果人们从飞鸟的角度俯视——简单地说就是‘鸟瞰’——意大利，这个国家看起来就像一只靴子。”章鱼在向这位南极游客灌输地理知识。

“哦，现在我懂了，”塔明诺高兴地说，“刚才你说你得去鞋跟儿那边，意思就是说，你还有一段路要赶呢！”

“是的。但你最好在这里上岸，因为从这里一直往前走，你就可以走到米兰，走到那个有爱的地方。倘若你走到一半迷了路，那就索性问问别人到米兰怎么走，然后别人就会给你指路了。祝你好运，小塔明诺！再见！就像我们西班牙语说的那样：阿迪喔斯！”章鱼挥舞着他的八条手臂潜入水下，一会儿工夫就消失得无影无踪。

“阿迪喔斯，章鱼！”塔明诺在岸上喃喃自语道。他坐在岸边，目送朋友离去。

塔明诺靠岸的这一带荒无人烟。或许大家会问，那动物呢？就是动物也形迹罕见。

塔明诺站起身，决定步行出发。在经历了海上的长途旅行之后，运动运动对他来说应该没什么坏处。

他独自走啊走，慢慢地，夜幕降临了。但塔明诺打算一直走到第二天清晨，如果可能的话，他还想就这样一直走到第三天早上呢。他不再热切期待能够很快找到爱。既然距离目标的实现还很遥远，睡觉和休息就还是留到以后吧！

塔明诺对怎样找到爱进行了一番设想：或许爱就住在歌剧院里，她可以告诉他，娜努玛在哪里……或许他还得等她一阵子，她才会出现。在他等待的当儿，他可以仔细听听歌剧院里的演唱。那骆驼的歌唱让他喜欢极了。他打算，等他回到南极，一定要买一盒歌剧音乐的磁带。

塔明诺嘴里哼着愉快的歌，又继续走啊走。不知不觉中，天色已渐渐破晓。鸟儿们站在枝头唱着欢快的晨曲，太阳羞怯地向地面送出她今天的第一个温热的吻，一切生物都在以自己的方式欢迎新一天的到来。

塔明诺抬头望着天空，饶有兴趣地看着燕子们的清晨飞行训练，突然脚下一个踉跄，直挺挺地趴倒在了地上。

这一跤摔得不轻，一时间他动弹不得。他心里怕得要死，担心身体的某个部位被摔坏了，更害怕疼痛还会加剧。

塔明诺小心又小心地这里摸摸，那里敲敲，看有没有哪里特别疼痛。最后才确定，他只是被吓坏了而已。

他吃力地从地上爬起来，想要探个究竟，看看到底是什么东西绊了他一跤。在他身边，他发现了一个从来没见过的稀奇古怪的东西。

以他的经验来看，这东西看上去有点像一个硕大的浅色的贝壳，而且它身上还开了一个细细的口呢。

这东西也很可能是一块石头。但如果是石头的话，它看上去又太脆弱了！大家可是知道的，石头嘛，就得有石头的坚硬，一打就碎怎么能叫石头呢？

塔明诺上上下下地打量了这东西好长时间。可它究竟是什么呢？他想弄个明白。可惜，在南极根本没有和它长得哪怕有一点点相似的东西。他现在是一点主意都没有了。

“喂，”塔明诺轻声地嘟囔，声音小得几乎听不见，“我可以问问，您究竟是谁吗？”

没有动静。

“喂！”塔明诺稍稍提高了点音量，又叫了一声，“我知道，如果您是一块石头，您是不能和我说话的。但是，或许您不是石头呢，那我们聊聊天不是挺好的吗？”

还是没有动静。

“您听着，亲爱的不知名的先生，如果您不愿意聊天，我也是理解的。可是我非常想弄明白，您究竟是什么！像您这样的东西我还从来没见过！”

仍然没有声音。

塔明诺决定放弃，准备继续赶他的路。这时，那东西突然动了一动。

哎呀，原来不是石头啊，塔明诺心想。小企鹅谨慎地往后退了几步，他也不确定是不是会遇到什么麻烦，所以还是小心一点为妙。

那东西又动了一动，开口的地方好像有什么要挤出来。

乍一看去，从那儿挤出来的东西简直就像粉色的糨糊。可是仔细一瞧，塔明诺才发现原来那是一颗小小的脑袋，有两只眼睛，一个小鼻子，甚至还长着一张嘴。那张嘴开始只是一言不发地动一动，然后就开口说话了。

“是谁——在这儿——搅乱了——我——早晨的——宁静？”那张嘴巴非常非常缓慢地问道。

“我想是我吧。”塔明诺回答说，语速慢得几乎和那个奇怪的东西提问时一样。可是他突然又闪电般地迸出这么一句:“您是不是怪物?”

那张缩在石头一样的壳里的粉色的脸绽开了笑容。开始是浅浅微笑,接着是满脸堆笑,最后是身体和脑袋一起晃动的大笑。这种笑声,塔明诺还从来没有从哪一种生物那里听到过。

“哈——哈——哈——哈——嘿咿——哈——哈——嘿咿咿——”这笑声绵延不绝,时间长得够塔明诺蛙泳一百五十米,也就是四分五十八秒。

“您笑得可真是有趣,”等那怪东西笑够以后,塔明诺说道,“我觉得就是时间太长了一点。您下次开始笑之前,可以提前通知我一声吗?那样,在您大笑不止时,我就可以跑到小溪那边捞点早餐了!”

此时,那怪东西脸上的笑容消失了。它非常忧伤地、目不转睛地盯着塔明诺,然后缓缓地又缩回壳里去了。当它整张脸快埋进壳里的时候,它咕哝道:“我——不是——怪——物,我——也——没办法——改变——我的——速——度!”

它把脸完全藏到了壳里。塔明诺这才意识到,自己刚才说错了话。他原本是一只有礼貌的企鹅,从来不愿伤害任何人,而且他现在还不知道他冒犯的究竟是谁呢。于是,他向那只带壳的东西深深地鞠了一躬,以示歉意。

“如果我刚才冒犯了您,请您原谅。我不是存心的!我觉得您的笑声充满了魔力。‘慢’是好事,在我住的地方,也就是南极,大人经常告诫小孩‘不要跑那么快’‘不要吃那么快’，或者‘不要游那么快’！”

突然，那张脸以它的“快”速度从壳里探出来张望，兴奋地问道：“是真的吗？这的确是真的吗？”

“当然，”塔明诺语气坚决地说，“我只是不知道您是谁，所以才对您说‘怪物’这个词。我再次请求您的谅解！”

“我的名字叫‘快不了的伊莎贝拉’。我是一只蜗牛，而蜗牛是所有生物中行动最慢的。和我们相比，乌龟也快得像离弦的箭。正因为如此，大家都笑话我们。那我们就把自己藏在房子里，不让别人看见。您瞧，我们不管走到哪里，都会背着自己的房子。”

“这样也很好啊。您总是把房子带在身边，下雨的时候就不愁没处躲雨啦！”塔明诺回答说，然后又补充道，“此外还有一个好处，走得慢，看得仔细。”

“您说得对啊。以前我还没有看到这些优点呢。”快不了的伊莎贝拉高兴地说，缓缓地爬向塔明诺的近旁。

塔明诺自我介绍道：“顺便介绍一下，我叫塔明诺，企鹅塔明诺。我正在赶路去米兰歌剧院，因为我要到那里去寻找爱。也许您能给我提个醒儿，我是不是走对了道？”

蜗牛又向塔明诺移近了一点，慢悠悠地回答说：“去米兰嘛，您走对了。您只需一直往前走，就可以到达目的地了！”

“谢谢您，快不了的伊莎贝拉女士。非常高兴能认识您，也非常高兴这一路结识了一只蜗牛。但现在我不得不慢慢赶路了，我还得去寻找爱呢。再见！”塔明诺友好地向蜗牛告

别，又摇摇晃晃地迈开他的企鹅步，继续赶路。

“您等等！”伊莎贝拉在塔明诺身后叫道，“您说的都是认真的吗？您当真要慢慢赶路吗？”

“是啊，为什么这么问呢？”塔明诺诧异地问道。

“因为，如果您真想慢慢赶路的话，那我们可以结伴同行啊！”快不了的伊莎贝拉高兴地说，粉红色的脸蛋闪现出喜悦的光芒。

塔明诺觉得蜗牛完全误解了他的话，他所说的“慢慢赶路”，意思不过是他想要上路了，绝对不是说他想慢慢悠悠地走到米兰。但他不想再次伤害蜗牛，宁愿像人们说的那样，“酸苹果留给自己啃”！于是他接受了蜗牛的建议，同她一起去米兰。

“您坐在我房子上，怎么舒服就怎么坐吧。我们将有一次愉快的旅行。”伊莎贝拉说道，笑容比刚才还要灿烂。

塔明诺在她背上小心翼翼地坐了下来。喜气洋洋的伊莎贝拉开始慢慢悠悠地向米兰方向爬去。

## 第十一章

# 原来可以变快

刚开始，塔明诺觉得，在慢悠悠的伊莎贝拉背上旅行的确很舒适，至少他可以舒舒服服地睡个小觉，把到了意大利后耽搁的睡眠补起来。可是当我们的小企鹅睡了一觉醒过来的时候，他发现，从早到晚，蜗牛还没有走完一千米！这时他实在没有耐性再忍受下去了。他往前一跳，从蜗牛背上跳到了地面上，挡住了伊莎贝拉的去路，大叫一声：“停！”

可怜的蜗牛被吓得半死，赶忙紧急刹车，差点没让自己翻了个跟头。

“发生什么事了？”快不了的伊莎贝拉胆战心惊地问道，“尊敬的塔明诺先生，是我走得太快了吗？”

“不不，不，最最亲爱的伊莎贝拉，一切都好极了，”塔明诺撒了个小谎，“我只是觉得，您承担着如此重的负荷，而我却无所事事地坐在您房顶上偷懒，这实在太不公平了！”

“没关系的，塔明诺。有个伴与我同行，我真的非常高兴。因为我们蜗牛行动太缓慢，其他动物都避开我们，我们平时也总是形单影只。现在好了，有你做伴，我也不再那么孤单了！”

塔明诺必须得想出个办法来。以蜗牛的这种速度，他一年都到不了米兰，更别提要寻找到爱了！他也得多加小心，不要再次伤害伊莎贝拉的自尊心。这是他绝对不愿意做的事情。他宁愿待在蜗牛壳上继续慢慢爬行，也不愿再以任何形式伤害她。毕竟蜗牛无法改变她的速度，也不应该因此而受到奚落。塔明诺一直认为，如果一个动物因为他是谁，或者因为他长什么样而受到侮辱和嘲笑，那绝对是不公平的。今天早上他还拿伊莎贝拉的速度开了个玩笑，他决定痛改前非，绝不让此类事情再次发生。他想说服蜗牛，让她心甘情愿地放弃带他去米兰，同时他还要做到，避免和她谈到速度的问题。

“伊莎贝拉女士，您能告诉我，”塔明诺小心地问道，“世界上有什么东西，是您一直梦想得到的吗？或者，是您最想在您的一生中能够拥有一次的吗？”

当然，关于这个问题，快不了的伊莎贝拉用不着多想。拥有这样一个名字的蜗牛，她的梦想还会是别的吗？

对，她想变得快起来！

蜗牛这样表述了她的答案：“我希望一生中能够快上一次！只像乌龟那么快就可以了，那样我就很满足了！”

塔明诺对朋友的回答非常满意。他心里立刻有了一个主意。“那么，亲爱的朋友，”他小心翼翼地建议道，“我们换换位置怎么样？”

“换位置？”伊莎贝拉问道。

“是的。我现在要向您展示一下，什么叫快速——当然了，那也只是企鹅意义上的快速，比我自己更快的，我也办不到。您可以比较和感受一下，做一只慢悠悠的蜗牛是不是真的很糟糕。”

“那您打算怎样向我展示什么叫快速呢？因为我也不能走得比自己更快呀！”

“但我走得比您快呀，伊莎贝拉女士。我把您夹在我的双翅中间，然后我们继续结伴同行。您也能做到比自己更快。相信我，那是一种非常美妙的感觉！我自己也有过一次这样的经历，那时我骑在两只海鸥背上飞过了大西洋。”

“这就是说，我可以把名字改成‘可以更快的伊莎贝拉’了？那样就用不着每个人都知道我以前并不比现在快了！”蜗牛兴奋不已，已经不用塔明诺再多费口舌了。

就这样，塔明诺把他的朋友——快不了的伊莎贝拉——夹在翅膀底下，两个伙伴以快极了的速度，也就是企鹅加蜗牛的速度，赶往米兰。

塔明诺翻动着他的企鹅脚板，飞快地跑着，伊莎贝拉简直不敢相信自己的眼睛，原来“快速”可以达到这种境界。在她的一生中，这是她第一次为自己不再是一只慢吞吞的蜗牛而感到喜悦。同时，她也期望这种美妙的感觉不要那么“快”就消失。

四天以后，他们终于在漆黑的夜里抵达米兰郊区。这四天之中，他们短暂地休息过三次。一路上，还有不少新鲜的见闻。

“亲爱的塔明诺，如果您从这里继续赶路，您可以径直往前走，一直走到城里。‘城’就是有许多房子的地方，这是人类的叫法。歌剧院就在城里。”快不了的伊莎贝拉向她的旅伴解释道。

“伊莎贝拉，您不和我一起进城去吗？”塔明诺一边问，一边小心翼翼地把她放下来。

“不了，这样的城市对我们蜗牛来说太危险。那里的一切都太快了。在那里，蜗牛很快——真正意义上的快——就会丧生在车轮底下，或惨死在人类的脚下。我们也可能瞬间就无家可归了——哪个人类的小孩突然来了兴致，觉得把蜗牛壳戴在脖子上很有意思，那我们的房子也就没了。哦不，不，我不和你进城去，我要去葡萄山。我的家人每年秋季都在那里碰头，庆祝红葡萄酒节。现在已经是七月了，我也该起程赶路，好准时到达那里。”

“一路平安！”塔明诺说着，轻轻地抚摸着她的蜗牛壳，“我想，您还喜欢我们的旅行吧？”

“当然了！塔明诺，我永远不会忘记您的。要是没有您，我这一辈子也不会体验到什么是快速。现在我知道了，我可以安安心心地像以前那样，慢吞吞地独自爬行，周游世界。因为，慢也有慢的好处嘛！再见了，塔明诺。不要忘了快不了的伊莎贝拉！”

两个伙伴相互道别以后，就向着不同的方向走远了。伊莎贝拉爬向葡萄山，塔明诺摇摇摆摆地向米兰城里走去。在那里，他就要找到爱了。

## 第十二章

# 今天最沮丧

塔明诺晃晃悠悠地迈着他的企鹅步伐穿过了被人类称为“城区”的地方。深夜的米兰城内仍然车水马龙，灯火辉煌。一路上，人类世界的新奇事物让我们的南极小朋友惊讶得张大了嘴巴。

人类的房屋简直硕大无比！居然比两头座头鲸重叠起来还要大，比南极联合学校还要高！南极联合学校可是塔明诺家乡最高的一幢楼房。

到处都有大脚兽在匆匆行走，他们自顾自地专注着自己的事情，压根儿没有注意到这只小企鹅的存在。他们的口袋里总是有“嘀——嘀——”的声音在响，然后他们把作响的东西从兜里掏出来，放在耳朵旁边接听。那嘀嘀响的东西长得就和企鹅们用的电话差不多，只不过个头小了点。

还有人骑着嗒嗒作响的“马儿”奔来跑去，但奇怪的是，那“马儿”长着两只轮子和一只忽闪忽闪的眼睛。

大多数人都坐在滚动的方盒子里。可能这些人都太懒，不愿走路吧。也可能走路对他们来说太慢了，所以才愿意坐在这种冒着浓烟、发出噪音，还喷出臭气的大盒子里，塔明诺心想。

这可以拿快不了的伊莎贝拉做例子，塔明诺继续想道，她接受了自己慢慢吞吞这一事实以后，也就不再勉强自己变得更快了。

当塔明诺发现人类连拘禁太阳这样的事都做得出来时，他完全惊得瞠目结舌了。城里到处都挂着大大小小的匣子，这些匣子白天把光线收集起来，等到晚上再大放光彩。

那帮劫走企鹅公主的家伙竟然捕捉阳光，塔明诺心中暗想。让他欣慰的是，虽然大脚兽捕捉了那么多阳光，但至少天上还有足够的阳光，能够照亮世界的其他地方。

塔明诺一面对所见所闻暗暗吃惊，一面留神提防着那些移来动去的东西，继续往前走去。他离市中心越来越近，周围的一切也变得越来越嘈杂喧嚣，越来越明亮耀眼，尽管此时已是午夜时分。

这时，塔明诺所做的唯一决定就是：等他又回到南极时，他要为《企鹅全书》添写新的一章。他要向他的同胞们宣布，大脚兽并不比一只海象更可怕。能把黑夜变成白昼，能坐在喷臭气的盒子里奔来跑去的人，该是怎样的绝顶聪明啊！

现在，他首先要做的事是把爱找到，把娜努玛解救出来。这才是他这次旅程的根本目的。大老远从家里跑出来，可不是专门来研究大脚兽的。他希望看到帝企鹅们重新过上幸福的生活，希望帝企鹅国王的宝贝女儿重新回到父亲身边，他要为此做出自己的努力。

当爸爸妈妈失去了亲爱的孩子，他们心里会是什么感受呢？塔明诺陷入了沉思，但他丝毫没有去考虑，他自己的父母失去他会是什么感受。

我们的“寻爱者”沉浸在深深的思考中，丝毫没有注意到，一只老鼠突然出现在他面前。

在米兰市中心居然碰到一只企鹅，老鼠感到非常吃惊。

“嘿，哥们儿！告诉我你在这儿干吗？企鹅应该老老实实地待在南极，可不该在大街上溜达！在这里生活可太危险啦！”

塔明诺瞪着大大的眼睛，瞧着这只古灵精怪的动物。可以确信，站在他面前的确确实实是一只老鼠。可他为什么戴着一顶企鹅们打球时用的帽子呢？他眼睛前挂着的两块黑玻璃片又是什么呢？天啊，他为什么只用两只后脚爪站立，而且鞋子下边还长着几只轮子？

“你是老鼠吗？”塔明诺怀疑地问道。

“显然嘛！那你认为我是什么？小家伙，难道你觉得我看上去像一块香肠比萨饼不成？”

“不不，我只是不太确定而已。你头上戴着这么一顶帽子，脸上又挂着这么一副架子——”

“脚下还穿着带滑轮的鞋子，对不？”老鼠笑着打断塔明诺的话，围着他旋转了一圈。

“是啊，这种东西我还从来没见过呢，”企鹅越发糊涂了，又补充说道，“你为什么要弄这么一副行头？”

“我是一只城里的老鼠嘛，我觉得这样蛮酷的。你可别问我什么叫‘酷’，因为我也不知道该怎样给你解释。我说‘酷’，只是因为大家都把它挂在嘴边。你还没回答我的问题呢！一只企鹅在米兰能寻找些什么呢？你是不是从哪里逃出来的？”

“不，啊，也是，……我……”塔明诺结结巴巴地说。

“不，啊，也是，……我……”老鼠模仿塔明诺说话的样子，“究竟是什么嘛？是还是不是？你究竟怎么了？”

“我叫塔明诺，我在寻找爱。别人告诉我，我可以在米兰找到她。”

“爱？从没听说过，”老鼠吱吱地说，“这城里哪个地方才能找到她呢？”

“在歌剧院。那里，人们整天都在歌颂她。”

“老弟，我倒是可以带你去歌剧院。我们只需钻进街那边的下水道里去，从那里走过三条街就到了。继续在这地面上行走非常危险。人类对老鼠没什么好感；对付一只戴小红帽的企鹅，他们肯定也很有一套。”穿轮滑鞋的老鼠说着，又绕着塔明诺转了几圈。

“你能带我去歌剧院，那真是太好了。对了，你叫什么名字？”塔明诺问道，他也随着穿轮滑鞋的老鼠以自己为轴心转了一圈。

“我叫居塞比·威尔第。不要告诉我你在哪儿听说过这个名字！这我自己也清楚得很。一位生活在一百年前或是几百年前的疯疯癫癫的音乐家也叫这个名字。他写的那些东西，就在你说的那个歌剧院里，成天被唱来唱去。我妈妈当初认为,如果她不能为我的生活提供更多物质保证,那至少得给予我一个有趣的名字。”

“啊哈!”塔明诺装出一副很懂的样子。其实他从来没有听说过“居塞比·威尔第”这样的名字。但他不想在居塞比面前显得自己是一只孤陋寡闻的南极企鹅,于是就不懂装懂了一回。

居塞比启动了滑轮,大叫道:“伙计,快来!现在我带你去歌剧院。我也很想知道,你是否能在那里找到你的爱。”

塔明诺紧跟其后。居塞比掀起地上一块沉重的铁栅,两个伙伴爬下一架铁梯后又穿过一条通道,顺利地到了地下。

地底下黑得不能再黑。这样的漆黑在南极也不多见——只有当天上的星星和月亮都被巨大的云层遮住时,四周才会出现这样的黑暗。

“别怕,老弟!”居塞比的声音在下水道里回响,“你马上就会看得清楚些了。你还需要点时间让自己的眼睛适应黑暗。”

“没问题!我们企鹅的视力在黑暗里和在明亮的阳光下一样好!”塔明诺刚吹了个牛,马上就露馅了——他和居塞比同时发出了一声短促而清脆的尖叫。

“如果你在黑暗里真有那么好的视力,那你就该把眼睛睁开,要不就是你得去看眼科医生了。天哪,我们刚才肯定是差点掉进了臭水槽!如果掉进去了,你这辈子都不会忘记那里的脏水散发出来的味道,那可比你闻到过的最臭的东

西都要臭得多。”

“比上百条腐烂的鲭鱼还臭吗？”塔明诺问道。他一想到这儿就开始觉得恶心。

“比那臭多了！”居塞比回答说。

“为什么那里的脏水会这么臭呢？”塔明诺想知道。

“那里到处漂浮着人类废弃的东西，现在别再多问了。至于那到底是些什么东西，我想你也一定不愿听下去！”

慢慢地，塔明诺的眼睛真的习惯了黑暗，开始看得见周围的一切。他看到黑色的水从一条长长的水槽中间流过，那就是被居塞比称为“脏水”的东西，那味道闻起来的确可怕极了。地下一切都是用石头做的，这也是说话声和脚步声会在其间回响的原因。这条主要的水槽和其他水管纵横交错，每隔几米就有一些通道通往上头。

居塞比穿着轮滑鞋在前面带路，突然停了下来。他用爪子神秘地指指上方，对塔明诺悄声耳语道：“这儿——”声音还不断地在石头结构的通道间沉闷地回响。

塔明诺睁大了眼睛望着居塞比，问道：“这儿有什么？”

“尊敬的塔明诺先生，我很荣幸地告知您，您现在已经站在世界闻名的米兰‘斯卡拉’歌剧院下面！”

“这儿？”塔明诺也用他的翅膀指了指上面。

居塞比点了点头。他坐到地上，脱掉轮滑鞋，把鞋带系在一起，把鞋往脖子上一挂，然后用四只爪子飞快地爬上一条通道。在那儿，他向着塔明诺大声喊道：“跟我来，老弟！”

塔明诺立刻遵命。此时，一缕光穿过地面的铁栅投射下来。他迎着光线，跟在他朋友的后面，摇摇晃晃地爬了上去。

居塞比撑开铁栅，一会儿，两个伙伴就沐浴在清晨的阳光里，正好站在了宏伟的歌剧院前。

入口处的大门上挂着一幅巨型图画，上面画着埃及的金字塔、埃及的人们和埃及的骆驼，此外还写着几个大大的人类的文字。

“那儿挂的是什么？”塔明诺问居塞比。小老鼠刚从下水道里上来就开始忙着穿他的轮滑鞋。

“人类把它叫作‘海报’，上面会写正在演出哪部歌剧以及……”

“啊哈！”塔明诺打断了他的朋友，“原来的确有骆驼参加演出的歌剧啊！这部歌剧叫什么来着，居塞比？”

“叫《阿伊达》。这部歌剧就是由那一位居塞比·威尔第创作的，但是……”

“《阿伊达》，我可得记着点，”塔明诺再次打断了老鼠的话，“等我什么时候再到兰萨罗特岛的时候，我会把这些告诉我的朋友，一只围绿点围巾的骆驼。现在让我们进去寻找爱吧。”

“不行。”居塞比干脆地说，他把帽子推到后脑勺上，皱起了眉头。

“为什么不行？”塔明诺愠怒地问，“这难道不是米兰歌剧院吗？”

“是倒的确是，不过……”

"你看你看，" 这是塔明诺第三次打断居塞比·威尔第的话，"我们快进去吧。我大老远地赶来，可不是为了傻站在门外。我想要的是那种有种东西在黑礼服上酥酥发痒的感觉。"

塔明诺看了一眼居塞比，他还在皱着眉头，一副若有所思的样子。

"居塞比，你在想什么？"

"我在想，如果不是你三次打断我的话，我早就对你说了我现在必须告诉你的事实。"居塞比嘀嘀咕咕地向塔明诺抱怨道。

塔明诺径直往前走去，也不正眼看看他的好心的导游。在经过居塞比身旁时，他大声叫道："如果没什么重要的事，就待会儿再告诉我吧，我现在没时间和你磨蹭。一会儿见，居塞比！"

"歌剧院关门了！"居塞比在塔明诺身后大喊了一声。这句话对塔明诺来说，犹如背后被人重重一击，他不得不停下脚步。

塔明诺缓缓转过身，像蜗牛一般慢慢地走到居塞比身边，有一个问题在他的舌尖上怯怯地打转，却始终开不了口。"那——意味着——什么？"他终于慢吞吞地提出问题，好让否定的答复不会来得那么迅速。

居塞比觉察到了他们之间的紧张气氛，此刻，他们之间心的距离比一个绷紧的巨型捕鼠夹还要大。那种夹子是人类想用来把老鼠一网打尽，更确切地说是斩草除根，的工具。居塞比不想给他的朋友带来痛苦,但他又不得不说出实情。尽管有时真话会让别人难过,但真话总比谎言要好啊。

出于和塔明诺同样的心情——让否定的答复不会来得太快,居塞比也以同样慢吞吞的语速回答道:“知道吗,伙计?这歌剧院夏季休息,要三个月以后才重新开放。你白来了!”

“夏季休息?”塔明诺哽咽地说,他努力地抑制住泪水,“爱也会夏季休息吗?”

“老弟,我也不知道她会不会。但歌剧院是每年夏季都要休息的。或许爱也对自己说:歌剧院放假了,我也跑出去晒晒太阳,到西班牙、希腊去度度假吧,那不是很酷吗?”居塞比竭力安慰绝望中的小企鹅。

“那绝不可能是真的!”塔明诺抽抽搭搭地说。他坐在通往歌剧院的阶梯上,开始痛哭起来。

塔明诺哭得如此伤心,居塞比觉得那哭声像老鼠被扯断尾巴时那样撕心裂肺,这只向来很酷的鼠仔也忍不住想跟着哭号起来。尽管他并不知道爱是什么,但既然有人能为她痛哭到如此地步,那她一定是一种非常特别的东西。

塔明诺任眼泪决堤般横流。他难过、震惊、绝望,他呜呜痛哭,放声哀哭,号啕大哭,哭得浑身瑟瑟发抖,哭得嘴巴咯咯打战,哭得只剩下最后一点力气,心里充满悲伤——像雪山山谷那么深的悲伤。这一切不能都白费啊!这一切都是真的吗?他离开南极,就是为了现在被挡在紧闭的大门外吗?

他离开爸爸妈妈远走他乡，就是为了这徒劳的一切吗？

“妈妈！”塔明诺深深地呼了口气，用他被痛苦堵塞了的嗓音喊道，“我亲爱的妈妈！”

这么长时间以来，这是他第一次想起妈妈。这也是他第一次意识到，他深更半夜穿过雪地和迷雾，悄无声息地离家出走，一定给父母带来了很多焦虑。

塔明诺想家了。这思念的情绪像寒风那样强烈，像冰山那般厚重。思念完完全全占据了塔明诺的心灵，让他再没有心思想别的。

他完全沉浸在自己的感受中，根本没有注意到，居塞比已经把他领到了歌剧院后院的一个翻倒了的垃圾桶前。这是朋友为了保护他才这么做的。这座城市渐渐苏醒，恢复活力，而对于小动物们来说，危险也可能随之来临。

在垃圾桶前，塔明诺又独自坐着哭了一会儿，直到哭得完全没有了力气，最后倒在垃圾桶旁睡着了。垃圾桶像座堡垒一般掩护着他，加上他的朋友居塞比站在一旁站岗放哨，他应该可以放心睡个好觉。

# 第十三章

# 越过不祥

在西方人眼中，“十三”被视为不祥的数字。因此我们跳过“第十三章”，以免它可能给塔明诺带来更多不幸。

## 第十四章

# 又陷牢笼

塔明诺醒来的时候，下午的太阳正斜斜地挂在空中。一小缕阳光晃得他的嘴巴酥酥发痒。

小企鹅向着太阳光睁开眼睛，眨巴眨巴，一开始他根本忘记了发生过什么。

他继续闭上眼睛躺着，静下心想了一会儿。温暖的阳光晒得他很舒服，他似乎是从什么事情中恢复过来了。他现在还不想费力去弄清到底是什么事情。

没过多久，居塞比提着大包小包的食物回来，走进横躺着的垃圾桶，向塔明诺打招呼："喂，老弟，终于哭够了，睡够了？"这时，塔明诺的记忆伴随着居塞比的出现而苏醒过来。

刚才发生过的事情此刻又映入塔明诺的脑海。眼泪也拼命想要再度夺眶而出。

这次，塔明诺下了决心，一定不让眼泪再轻易流下来。他已经哭够了，眼泪不能解决问题。现在，他得想想接下来该怎么做。这一切不该也不能是白费。娜努玛还在某个地方等着别人去解救她呢！

“伙计，我带了点吃的来，”居塞比一边叫道，一边咬了一大块奶酪，“你也该吃点东西。来，这儿，我给你搞了条鱼。”

“谢谢。”塔明诺低声回答说。他还没有完全回过神来，再说他还一点都不觉得饿。

可是，当鱼的香味在垃圾桶里飘散开来，他也来了胃口，于是拿了一点点放进嘴里。这香喷喷的鱼实在太可口了！他忍不住把整条鱼都狼吞虎咽地吞下去，连嚼一嚼都来不及。直到现在，他才意识到自己有多么饥饿。原来他已经有好几天没有吃过东西了！一个浅浅的满意的微笑瞬间掠过他的脸庞。

居塞比注意到了这个微笑。看到朋友的心情好多了，他自己也非常开心，于是走到塔明诺身边坐了下来。

“没有爱我们照样可以活下去，可是要是没有鱼，老弟，那会发生什么？”他开了个玩笑。

“你能给我指一下出城的路吗？我是说，等会儿，等天黑以后，街上不再那么危险时。”塔明诺问道。

“你还想继续走啊？”居塞比打听道。

“是的。因为我必须，我必须找到爱！一旦开始做一件事情，就必须把它做到底，不能半途而废！”

“话虽这么说，可是你不想在城里舒舒服服地待过这个夏天吗？你可以索性在这里等一等，等歌剧院重新开放，然后找到你要找的爱！”老鼠试图说服塔明诺留下，“我们可以在一起度过一段美妙的时光，可以做一些很酷的事情！”

“居塞比，我懂你的意思，但这行不通啊！某个地方还有一位企鹅公主在等着别人去解救她。所以我必须找到爱，然后才能救出公主。爱一定在世界的某个角落，我得继续打听她的下落，直到找到她为止。”

“唉，老弟，不能和你一起玩了，真是可惜！但我理解你！今晚我就带你出城。不过，我现在得先睡觉。”

“谢谢你，”塔明诺说，“我也还要睡一小会儿，也不知道我下次睡觉会是什么时候了。”塔明诺又躺了下来，翻了个身，背对着居塞比，一会儿就蒙蒙眬眬地睡着了。

“居塞比，醒醒！天黑了！”塔明诺想唤醒他的朋友。

但居塞比一动不动，只从鼻孔里发出几声鼾声。

“居塞比，快醒醒！我得走了！”这下塔明诺几乎是在大喊大叫了。

居塞比动了一动，嘴里嘟囔着“莫扎里拉”之类的词，翻了个身，又睡过去了。

塔明诺近乎绝望了。如果他再不把这位瞌睡朋友叫醒的话，那他又得在米兰多待一个晚上了，那就意味着又要耽搁他寻找爱的宝贵时间。

他想去找点水来，把它往居塞比头上一浇，让居塞比清醒清醒，就像妈妈要唤醒爸爸时做的那样。但四周并没有一滴水。

在米兰也找不到雪。要不然塔明诺可以把一大捧冰凉冰凉的雪擦在这只小懒虫身上，那样他立刻就会清醒了。

如果没有人可以把他叫醒的话，那有没有什么办法让他自己从梦中醒来呢？塔明诺思忖着。

他有了一个点子。

他站在垃圾桶的“门口”，以使叫喊的声音能在桶里回荡，然后他使出全身的力气大叫一声：“来——人——了！”

听到这么一句，居塞比马上一骨碌从睡眠中跳起来，头腾地撞在了“天花板”，也就是垃圾桶的内壁上，发出巨大的声响。

可他似乎管不了这么多。他使出吃奶的劲儿逃出垃圾桶，边跑边叫：“救救我，谁来救救我啊！人来了！人类警报！”

米兰歌剧院的整个后院立刻闹翻了天。在这里过夜藏身的动物，什么猫啊，狗啊，老鼠啊，跳蚤啊，甚至还有一只小兔子，一听到“人类警报”，都上蹿下跳，左奔右跑。

一时间，汪汪的犬吠声，喵喵的猫叫声，以及吱吱的老鼠尖叫声，各种声音都交织在一起，乱成一团。

“救救我，谁来救我?！”居塞比再次声嘶力竭地喊道，他钻到塔明诺的翅膀后面想寻求保护。

但塔明诺僵硬地站在那儿，纹丝不动。

“快过来！”居塞比小声抱怨道，他靠在塔明诺的翅膀边仍颤抖不停，“这可不是闹着玩的，我们的小命都快不保了。人类警报啊！”

看到居塞比这副紧张样，塔明诺费了不少劲儿才憋住没笑出来。居塞比还不知道，这不过是塔明诺搞的花样。“这不是什么人类警报，而是‘叫醒瞌睡虫’的玩笑！”塔明诺笑着说。

居塞比这才回过神来。当他得知，塔明诺发出这个警报只是为了把他叫醒，他沮丧极了，于是拉长了他的老鼠脸。这让本来就笑呵呵的企鹅更是咯咯地笑得越发大声了。

居塞比气坏了，本来想大骂几句，可他自己也不禁被塔明诺的笑声感染，跟着咯咯地笑起来。

后院里的动物们又渐渐安静下来。四周重新一片寂静，塔明诺和居塞比赶快踏上出城的路。天晓得漆黑的夜幕能够有多长时间充当他们的保护伞呢！

他们走了一阵，老鼠突然在一幢房子前停了下来。“失物招领处。”他大声朗读着橱窗上写的文字。

“失物招领处？”塔明诺问道，“那是什么地方？”

“我也知道得不太清楚。好像是如果人们丢了什么东西，可以在这里找回来。塔明诺，或许你可以在这里找到爱哟！那样的话就太酷了！”

“我害怕。”塔明诺脱口而出，尽管他本来只想把这句话闷在心里，不愿说出来。他走近这幢带橱窗的房子，心想，也许可以侥幸找到点什么吧。然后他又补充说：“我害怕自己又会失望！”

“那你还不如现在就放弃，老伙计。如果你连尝试的勇气都没有，你就永远找不到你要找的东西。这和轮滑溜冰是一个道理。你可知道，我摔了多少次跤才能够站在这轮子上！但我每次都站起来了，每次又开始新的尝试。”

这时，房子的门开了，一双巨大的人脚从屋内伸出来。

接下来发生的事，迅速得让塔明诺和居塞比都没能回过神来。就是这双脚板！那只右脚对准居塞比就是一踢，踢得他如一条高高的弧线飞到空中。可惜当塔明诺明白过来这才是真正的“人类警报”时，为时已晚。恐惧让他六神无主，不知所措，他还来不及花点儿心思去想想是怎么回事，就已经被什么东西包起来，提进了屋里。

塔明诺害怕得四肢都僵硬了。他又一次陷入了危险的境地！更让他担心的是：居塞比怎么样了？

那双脚板的主人长相十分怪诞，在人类家族中也算得上罕见。他差不多是个光头，只在头顶中间还耷拉着一绺长长的白头发，那头发长在光滑洁亮的头皮上，像是冰块漂浮在茫茫无际的冰海上。他的鼻梁上也挂着一副架子，和居塞比的那副一样。只不过这一副还拴着条链子，可以固定在脖子上。他走路吃力，行动困难，还拄着一根又长又弯的拐棍。

他行走时弓着腰身,看上去就像蜗牛驮着大房子。

在失物招领处，这个怪异的老头儿竟然也有一个用来拘禁太阳的匣子!

他把塔明诺放进一个四周都有栅栏的笼子里。这笼子放在一块有四条长腿的光滑的平面上，有点像他在轮船上曾经待过的菲特的盒子。

这个人把脸凑到栅栏边，仔细地打量着他新抓来的猎物。如果塔明诺此时要想用嘴咬他的鼻子,那也是轻而易举的事,但他没有这么做。无论如何,这个“牢房”连个逃跑的出口都没有。

“有了你,我的后半生可就快活了,小企鹅。”大脚兽边说边露出微笑。这样的微笑,塔明诺从未见过:既不友好,也不可亲,它只让人觉得恐怖。

“我明天就打电话给我在动物研究所的朋友。我会告诉他,我为他找到了一件小小的可爱的研究样本,一个全新的企鹅品种:戴小红帽的企鹅。他将为此给我一笔可观的奖金呢,黑礼服小子!”

幸亏塔明诺既不懂得“动物研究所”,也不明白“研究样本”,否则他肯定要被吓死了。在动物研究所那种地方,人们对动物一定不会讲什么礼貌和人道。

“明天,明天……”大脚兽翻来覆去地念叨着,每念一次,他就笑得更响一点。然后,他推开房门走了出去,屋子里一下变得漆黑一片,门又被锁上了,之后便是一片寂静。

月光透过橱窗照亮了屋子。塔明诺也可以借此机会把陈列在这里的东西看个仔细。这里集中了许多他以前在书里或是在家里见过的东西。它们有的横七竖八地摆放得到处都是，有的则堆放在一个从墙根直达房顶的高大的架子上。

那里有雨伞、帽子、包、衣物、用旧了的锅、相框、钟表、那种在城里跑来跑去的冒烟的盒子的轮胎，有壶、碟子、杯子，甚至还有一架旧的望远镜摆在架子上；在更上一层，还有一种带有轮子和座位的支架，各种各样的球、木马，以及一些塔明诺不认识的东西。

奇怪的是，塔明诺现在一点都不怕了。他猜想，一定会有出路逃出去，摆脱这种错综复杂的环境。他只需好好考虑一下，该从哪里入手。迄今为止，每次当他不知该怎么办的时候，总会有相应的解决办法，总会出现一些不知来自何方的新朋友、一扇开着的船窗或是一个好点子。

他背靠着笼子的一壁坐下来，这样他就可以看着窗外的月亮，好好思考一下。以前在家时，这种方法总能让他想出好主意来，或许这次在这里也是管用的。企鹅们把月亮看作他们的保护神，每当月亮悬挂空中，像守护天使一般看护着企鹅们时，他们就不再害怕有危险来袭。

今天使劲盯着她看看，或许并不是什么坏事。塔明诺这么想着，双眼凝望着月亮。

看着看着，他进入了梦乡。唉，再没有比和月亮交谈更费神的事了！

## 第十五章

# 未卜先知的留声机

“阁下，”一个声音悠悠地潜入塔明诺的梦中，“您好！我非常乐意和您聊一聊，能否劳驾您醒醒？”

塔明诺的酣睡变成了蒙眬的半梦半醒，这个声音接着又问了一遍：“阁下，您好！我非常乐意和您聊一聊，能否劳驾您完全醒过来？”

塔明诺睁开双眼，环顾四周。刚才是谁在和他说话呢？他四下张望，周围一片黑暗，月光照进来，黑暗稀薄成淡淡的颜色。塔明诺分辨不出刚才到底是谁在和他说话。

“您听听！”那声音又重新响起，“您往最不可能说话的东西上看看！”

塔明诺站起身，走近栅栏边，好看个仔细。他问道：“最不可能的东西？”

“您刚才看的都是可以和您说话的人和动物。阁下，您鼓足勇气再仔细看看周围。继续看看！”

“我什么都没看见。没有任何可以和我说话的东西啊！”

“您再瞧瞧，阁下。请相信我，您一定可以看得到！”那声音在继续给塔明诺出谜题。

塔明诺把整间屋子扫了一遍，他暗自发问，那声音究竟从何而来？可这里确实没有他认为可以和他说话的东西。

“只有有生命的东西才能说话，”塔明诺小声地自言自语，“可这四周没有一样东西看上去是有生命的啊。”

“谁说一定是这样？”那声音回答道，它清楚地听到了塔明诺的自语。

这事渐渐让塔明诺感到有些蹊跷。他嘴巴打战地说：“因为，无生命的东西会讲话是不合常规的。”

“常规？”那声音笑着说，“一只企鹅被关在米兰的一个笼子里，合乎常规吗？”塔明诺不禁打了个寒战，那声音说得对，这一切本来就是不合常规的。

“阁下，您不必害怕。我了解您的故事，也知道关于您的一切。现在请您平心静气地再环顾一下四周。”

如此让人毛骨悚然的事，塔明诺还是第一次遇到。他慢慢开始相信，这家失物招领处或许是一间被施了魔法的鬼屋，要不怎么可能有人对他的一切都知道得那么清楚呢？

“不要害怕，我最亲爱的朋友，”那声音再次传来，穿过整个房间，“这不是闹鬼，我也不是妖怪。我之所以知道关于您的一切事情，用我们的话说，不过是因为我曾经听说过您。”

塔明诺心想：谁可能了解我的故事，知道我的一切，还听说过我呢？谁可能没有生命，却可以和我交谈呢？

他一遍遍反复地问自己，又把屋子里的物件都挨个看了一遍。只要是黑暗里可能说话的东西，他都注意观察，看得要多仔细有多仔细。

“我什么都没找到！您帮帮我吧！”塔明诺恳求那陌生的声音，“我不知道您可能是谁，或者可能是什么东西！”

那声音笑了起来。然而与那怪僻的老头儿的笑不一样，这笑声让人感觉亲切又温暖，尽管塔明诺不能看到它，只能凭耳朵去感觉。

“远在天边，近在眼前，阁下！您只需抬头看看架子上面！”那声音暗示道，又窃笑了一回。

塔明诺走上前去，脸几乎是贴着他小牢房的栅栏，按照那声音的指引，抬头仰望。他一样一样地审视着高高的架子上那些他认识的物件。

为了能把屋里所有的架子全都检查一遍，他走到笼子中间，一点一点地转身，绕着圈地查看。

转到第三圈时，他想，还是放弃算了。他正要开口请求那声音的谅解，这时，他的目光像着了魔似的被一台留声机吸引住了。那台留声机放在架子最上面，几乎贴着天花板。很可能就是它了，塔明诺想。他瞬间豁然开朗，一台留声机对他说话，这看起来是天经地义的事。

还没有等他开口询问，以证实一下刚才的神秘声音是不是真的藏在留声机里面，那声音就先说话了：“您猜对了，阁下！我就是放在架子最上层的留声机，我姓舍拉克。如果我没从唱片上听错的话，您就是来自南极的企鹅塔明诺！”

这时，留声机从架子上突然慢慢地飘落到企鹅的笼子

旁，他的喇叭筒向塔明诺耳语道:“我走到您身旁说话就用不着那么大声，这样就不至于每个人都会了解您的秘密了，阁下。”

“秘密？”塔明诺回答说，“舍拉克先生，或许您也知晓爱的秘密吧？”

“我知道所有秘密。几乎全部书上写的东西终归都会刻在唱片上。我只是说，几乎全部。像我的朋友雷·西卡女士，她就老抱怨自己没有这份荣幸。”

塔明诺张大了嘴巴，怔怔地望着舍拉克先生，嘴里只能简短地吐出“啊哈”这样的词。

留声机又往塔明诺跟前移了移，贴在他耳边更小声却更清晰地说:“塔明诺，如果我现在不管三七二十一把爱的秘密统统都透露给您，那您的故事就会残缺一部分。”

“我的故事？一部分？”

“放在我这里的唱片记录着您的故事《爱心企鹅塔明诺》：一只南极的小企鹅寻找爱和解救公主娜努玛的故事。他和两只海鸥一起飞越大西洋，一路上还遇到会唱歌的骆驼、慢吞吞的蜗牛、穿轮滑鞋的老鼠，还有……”

“那么最后呢？”塔明诺打断留声机的话，“最后怎样呢？”

“最后？”舍拉克问道，转了转身上的手柄继续说，“您真的想知道吗？”

“不，我其实并不想知道。可您也看到了，我现在被抓起来关在这里。我想，这次我不可能像上次那样轻易逃脱了，您说呢？”“谁知道呢？”“您知道啊！您知道我的故事，那您就一定也知道最后的结尾！”

“可惜不是这样的，我的朋友，”舍拉克忧郁地摇摇他的喇叭筒，弄得留声机上的手柄也跟着有节奏地荡来晃去，“您的故事的结尾我并不知晓。您看，我一大把年纪了。我那只移动唱针手臂患有风湿病，它不能坚持到唱片的最后！”

“不能到最后？”塔明诺轻声问道。那他就永远不会知道怎样才能找到爱了！也或许他压根儿就不能从这个笼子里逃出去呢！他难过地噘起了小嘴巴。

“亲爱的塔明诺，”留声机微笑着安慰他，“我可以给您一点提示，您只要逃出这个牢笼就能继续前进，继续去寻找您的爱。”

“一点提示？像座头鲸艾弗莱姆出的谜语一样吗？”塔明诺问道。

“不是谜语，亲爱的塔明诺，是一个提示，可以帮助您找到您要找的东西。您到德国去，越过高山到巴伐利亚州。在那里的一个小村落里，您会碰到胡贝托尼马戏团，然后您就可以得知，该怎样找到爱了！”

塔明诺非常用心地仔细聆听着，好让自己能一字不落地记住舍拉克先生的话，然后才知道该怎样一步一步地行动。当他确信自己把这一切都熟记于心时，他问道：“舍拉克先生，我还可以问您个问题吗？这个问题与我的故事无关，或者说，至少可能无关。”

“您问吧，塔明诺，问吧！”留声机发出叮叮当当的声音。

"您待在这里做什么呢？"

于是，舍拉克向塔明诺讲述了自己的故事。他在这家失物招领处已经待了整整十年，一直在等待我们的小企鹅的到来。许多年前，一个年轻人写下了《爱心企鹅塔明诺》的故事。他原本希望能够找到愿意出版这本书的人，但这种努力最后以失败告终。于是，他拿出自己的最后一点钱，请人把这个故事刻在了唱片上。他想，或许有一天他可以把唱片卖出去。年轻人带着他的唱片，从这家商店跑到那家商店，跑了整整一个星期，仍然没人愿意出钱买小企鹅的故事。最后，他终于放弃，因为除了他写的故事，他还得应对生活中的许多其他事。他失望地把唱片随手一扔，自己也搬到别的地方去了。幸运的是，一位姑娘找到了这唯一的唱片。她把故事听了一遍，觉得它精彩极了。她相信，有一天一定会有人喜欢上这个美丽的故事。

"然后呢，"舍拉克要结束他的讲述了，"这张唱片就落到了这家失物招领处，放到了我的唱盘上。从那时起，我就一直在等待，等待企鹅塔明诺到这里来取给他的指示，然后用自己的行动写完他的故事。有一天，他会变得名扬天下，所有的大脚兽和动物都喜欢听他的故事。"

这时，房门那边传来嘎吱嘎吱的声音，扰乱了舍拉克先生的叙述。那种噪音听起来就像冰块一分为二时的断裂声。塔明诺抬头向留声机求助，可他的朋友突然安静下来，不动声色地站在那里。

"舍拉克先生，您听到了吗？"

没有回答。

“舍拉克先生，您说话呀！”

还是沉默。

“啊，求求您，告诉我，我该怎么办？”

这时，留声机上的唱盘开始转动，唱针像被一只无形的手牵引着，轻轻地放在唱盘上，留声机开始说话：“继续你的故事，塔明诺，把你的故事写完。因为你将会……会……会……会……”

“我会怎么样？”塔明诺紧张地追问。

“……会……会……会……会……会……”被钩住的唱针慢慢地停了下来，精疲力竭地瘫倒在唱盘上。尽管舍拉克先生已经尽了最大努力，但他还是不能让他的手臂重新抬起来。

房间里静寂下来，接着，那种嘎吱声又开始响起。塔明诺盯着门口，看看到底会发生什么。

从笼子里看出去，他什么都看不清，只看到门上的大玻璃颤抖着它脆弱的身躯。

一会儿，噪音停了下来，被另一种沉闷的打击声取代，听上去就好像南极的动物在水下凿冰洞的声音。

这下塔明诺恍然大悟：准是有人想在门上打洞！此时，雪球大小的一块木头从门上掉了下来。塔明诺借助街上的灯光和屋外的月光辨认，洞口居然站着——居塞比·威尔第！

“怎么样，老弟？肚子还塞得满满的吧？”老鼠一脸讪笑地说着，用舌头舔了舔嘴唇，“我倒是吃得心满意足了。你知道吗？这样的事，换作别人我可不管。可谁叫你是因为我的失误才被关进来的呢！”

“居塞比！”塔明诺高兴得两眼放光，喜悦的泪珠如喷泉般夺眶而出。

“我好担心你呀，居塞比！那儿还严重吗？”塔明诺想知道。

“什么？”居塞比不解地问道。

“喏，就是大脚兽给你的那一脚！”

“哦，那个啊！还行，不是太严重。你知道，我们老鼠已经习惯了这样被踢飞出去。我早就跟你说过，人类是不会给我们好果子吃的。”居塞比开着玩笑，以惊人的速度沿着桌子腿儿爬到塔明诺跟前。

一到桌子上面，他就开始忙活起来。关塔明诺的笼子有一个侧壁是用木头做的，居塞比试着在这一侧壁啃一个洞出来，为塔明诺打开一个出口。这软软的木头可比坚固的房门好对付多了，居塞比干起活儿来也要利索得多。

塔明诺在一边看着他的朋友，看到他用牙齿把一切干得这么漂亮，不禁激动万分。于是站在一旁打趣说：“居塞比，要是在南极，你可就英雄有用武之地了：为那些年老体弱的或者是嘴壳疲软的企鹅打打冰洞什么的，你可是一把好手啊！”

“唔，”居塞比满嘴塞满木屑地回答说，“塔明诺，那倒是真酷呃！”

一会儿居塞比干完了他的工作，往后退了一步，说：“老弟，完工了。你现在只需高抬贵脚，往啃过的地方一迈，你就自由了。”

塔明诺往留有老鼠牙印的洞口一迈，一个跟头翻出牢笼，重获自由。

“现在得赶快离开这里！我可没有兴趣和那个喜欢踢蹬的人再打一次交道！”说时迟，那时快，老鼠嗖地飞奔到桌子边缘，又噌地沿着桌子腿滑到地上。

塔明诺也如此这般，跟着下到了地面上。眨眼工夫，两个伙伴穿过门上的洞，溜到了外面。塔明诺深深地吸了一口新鲜空气，问：“如果我要去巴伐利亚，你知道该怎么走吗？”

“你去巴伐利亚干吗？你的爱在那里度假不成？”居塞比取笑塔明诺，并把嘴里剩下的木屑都吐向空中，“还是留下来和我待在一起吧！我们可以在一起度过一个绚烂的夏天！等秋天一到，你就可以在歌剧院找到你要找的东西。”

“居塞比，这不行的。虽然我非常乐意和你待在一起，但我必须继续前进，因为我还没有找到爱，也没有找到娜努玛！”然后他又问了一遍，“你知道我该怎么去巴伐利亚吗？”

老鼠搞不懂：塔明诺刚捡回一条命，为什么马上又要去冒险？但他看到小企鹅意志坚定，一副不达目的不罢休的样子，也不由得心生敬意。于是，经过短暂的思考后，他说：“塔明诺，你可以乘一种轰隆隆的大铁鸟去。这是人类的又一疯狂发明。人类希望自己能像鸟一样飞翔，为了实现这一愿望，于是发明了这种大鸟。你想象一下，这种大鸟的飞行速度快过任何一种鸟！只不过它们在飞行的时候会发出巨大的轰隆隆的声响。”

“米兰也有这种轰隆隆的大鸟吗？”塔明诺问他的朋友，一脸茫然的样子。

“当然了！这里有一个大广场，上面停放着许多这样的玩意儿，它们飞往世界的各个地方——一定也有飞往巴伐利亚的。”

居塞比对塔明诺说，他的舅舅，一只叫鲁米勒的法国老鼠，就住在大铁鸟广场的一个大箱子里，他借此游遍了全世界。他肯定愿意把塔明诺带上，或者至少会告诉塔明诺怎么去巴伐利亚。

舍拉克先生继续留在失物招领处，纹丝不动地又站在他的架子上。他已经完成了他的使命。

## 第十六章

# 许下平生第一愿

见到外甥居塞比和企鹅塔明诺，鲁米勒舅舅欣喜万分。等塔明诺把情况一说，他立刻知道该怎么办了。

“孩子们，跟我来！我们先得瞧瞧，哪只大铁鸟是飞往巴伐利亚的。”鲁米勒舅舅在前面快步疾走，两个小东西在后面紧跟。他们穿过一个大广场，上面至少停着九十二只这样的大铁鸟，它们有的刚刚着陆，有的正要起飞。

塔明诺还从来没有听过如此骇人的隆隆巨响！就是经常听人说起这种大铁鸟的居塞比，当他亲眼看到这些巨大的飞行物飞升到云端时，心里也吃惊不小。

三位穿越过广场，跑到一只正要起飞的大铁鸟前面。大铁鸟发出巨大的轰隆声，许多人正沿着扶梯钻进它的肚子里去。

两个大个儿的大脚兽正在把一些行李箱从一扇活动门扔到大铁鸟的小肚子里。鲁米勒舅舅指着那几个箱子说：“塔明诺，现在快抓紧时间，去紧紧抓住其中的一个箱子。那些人会把你当作一只随机托运的玩具企鹅，然后把你和箱子一块儿扔进去。”

“那岂不是很危险吗？”塔明诺担心地问道。

“危险当然是危险了，”鲁米勒舅舅回答说，“可是除此之外再没有别的办法。这是你能去巴伐利亚的唯一的办法，塔明诺。这只大铁鸟到达的地方，正是你要去的地方！”

塔明诺和他的朋友居塞比拥抱告别，又向鲁米勒舅舅再三道谢。他扶正头上的小红帽，溜到一个大行李箱旁，紧紧抓住装箱带，把自己牢牢地挂在上面，一动也不敢动。

“老弟，当心点儿！”居塞比在后面向塔明诺大声叮嘱道。而此时，大铁鸟发出的轰隆声越来越大，把小老鼠的声音给淹没了，塔明诺没能听到他朋友的话。

居塞比和鲁米勒舅舅一直注视着那箱子，直到它消失在行李舱内。他们在心里默默祝愿塔明诺一路好运。居塞比坚信：如果世界上真有爱这样的东西，如果有谁可以找到她的话——那一定是企鹅塔明诺！

等到箱子和“玩具企鹅”一并被放到大铁鸟的小肚子里以后，门锁上了，四周一片黑暗。

这次可没有光线从哪儿透进来，因为行李舱里没有窗户。

塔明诺决定睡上一觉。在这堆黑咕隆咚的箱子和包裹中间一定没什么好玩的事情发生。

轰隆声越来越震耳欲聋。大铁鸟先是轰隆一声巨响，接着又嘎吱一声，然后就开始跑动起来。显然，它是要起飞了，就像海鸥们起飞前也要助跑一样。塔明诺忽然想起了他的朋友弗雷德里柯和弗雷德里克。与两只海鸥不同的是，这次起飞一次就大功告成。一会儿，大铁鸟向天空飞去，在风的背上躺下来，让风驮着它飞行。塔明诺什么都看不见，只好这样独自胡乱想象一番。

他实在是什么也看不见，直到有一点光亮突然在他身边闪闪烁烁，像夜空里眨眼的星星。“有谁在这里吗？”塔明诺问道。他不能确认，那忽闪忽闪的光亮是现实还是想象。还来不及多想，他就得到了肯定的答复。

“我是一滴悲伤的眼泪，我叫西尼雅。我寻寻觅觅，找遍世界，希望能帮助他人，使别人快乐，自己才能不再黯然悲伤。只有这样，我才能变成一滴快乐的眼泪。”

“你为什么一定要变成一滴快乐的眼泪呢，西尼雅？”

“因为世上太多眼泪都是因悲伤而流，快乐的眼泪少得可怜。告诉我，我能帮你点什么吗？”西尼雅闪烁着微光，就像一片波光粼粼的大海：太阳照耀海面，和风轻拂，阳光映照着波峰浪尖。

“你是说，我随便许什么愿都可以实现吗？”塔明诺问道。

“只要我能让你快乐，你许什么愿都行！”

简直不可思议，塔明诺就要实现梦想的目标了！他现在只需要说出，他想找到爱，解救娜努玛，那西尼雅就可以实现他的愿望了。

经过这样漫长的路途，一切突然轻而易举地就要变成现实了！慢点，慢点，你看见没，塔明诺马上就要到达他要去的地方！

但是——这一路究竟是为了什么呢？这一切不应该是这样！塔明诺暗暗对自己说。

如果让西尼雅来帮他实现这个愿望，他觉得这不太恰当。若是那样的话，就跟考试作弊没什么区别。不好，不好！而且那样一来，就不是他找到了爱，而是从别人那里得到了爱，就像在圣诞节时拿到现成的鲱鱼头礼物一样。

“我为自己许个愿行吗？”他问。

“当然行，只要你能真正快乐就行。”西尼雅浑身闪闪发光。

“那我希望自己在需要朋友时，我所有的朋友都会出现在我身边。”

“会的，小企鹅。他们会出现在你身边。”西尼雅回答说，她变得如此明亮耀眼，给塔明诺身上也镀上了一层光辉。

当他小心地眨巴着睁开眼时，西尼雅，那滴悲伤的眼泪，突然消失不见了。

塔明诺刚才只是做了个梦？

是不是梦，终会见分晓的，以后肯定会有需要朋友的时候。

塔明诺感觉到飞行器在降落。大铁鸟好像在准备着陆。

猜得没错，还真是这么回事！过了一会儿，塔明诺又重新站在了陆地上。

## 第十七章

# 马戏团风波

塔明诺乘坐的大铁鸟在巴伐利亚机场着陆，他瞅准时机从行李舱的活动门里跳了出来，以最快速度跑到离机场不远的一排栅栏前面。

鲁米勒舅舅曾对他说过，一到机场就要寻找这样的栅栏。从那里才有机会溜到外面，既不必挤在人群里排长队，又神不知鬼不觉。

事实果真如此。塔明诺从铁丝网的洞眼穿出去，很快就离开了停放大铁鸟的机场。现在，他站在一块绿茵茵的草坪中央，那里有一头奶牛在吃草。

“早上好，奶牛女士！祝您进餐愉快，一切如意！”塔明诺问候道。

“你好，小朋友！要去哪儿啊？”奶牛哞哞地回应道。

塔明诺不明白，为什么奶牛见到他并不感到诧异。在巴伐利亚的草坪上遇到一只企鹅，她竟然丝毫都不奇怪。

“您认识我吗？”塔明诺问道。

“哞！当然了，我认识。你是南极来的一只企鹅。”

“在这儿遇到我，那您不觉得奇怪吗？”塔明诺很好奇。

奶牛咬了一大口青草，慢慢悠悠地咀嚼，又慢慢悠悠地咽下去，然后才吐出一句话：“不奇怪，为什么要奇怪呢？”

“喏，在巴伐利亚州一定不常见到企鹅吧？”

“那倒是，”奶牛微笑着说，把她刚吃下去的草又反刍到嘴里咀嚼，“但在这里，在这个飞机场，我见到什么都不觉得惊奇。我碰到一只企鹅——那好呗，我就碰到了一只企鹅，没什么大不了的。昨天我还在这里碰到一条鳄鱼，他想到多瑙河去游泳，问我往帕绍的路怎么走，于是我告诉了他怎么去帕绍。三个星期前，我碰到过一只名叫汉尼巴尔的海象，他是想到阿尔卑斯山去登山的，于是我也告诉了他怎么去阿尔卑斯山。你现在明白了，我为什么见到一只戴小红帽的企鹅并不惊奇。”

“明白了，”塔明诺回答道，“奶牛女士，您的生活可真有趣！”

“蕾娜特，叫我蕾娜特就可以了，小朋友。我的主人就是这么叫我的。他也不先问问我，是不是可以这样称呼我。——对了，你也是来这里寻找什么东西的吗？”

“是的，或许您还可以帮我呢。我在找一家叫作胡贝托尼的马戏团。”

奶牛又把头埋进草里，扯出一大把嫩绿的青草。当她咀嚼了大概三百下后，才吧嗒吧嗒地说：“你很走运，小家伙。胡贝托尼马戏团就驻扎在我家农场附近的一个小村庄里。

那里叫什么什么山……嗯……什么山……嗯……什么山来着……——反正也没什么重要的。总之,我肯定知道你该怎么去那儿,而且我也可以亲自带你去。或许他们马戏团里正缺一位出色的舞蹈演员呢,那我正好可以去凑个数。”

碰上了这么一位和蔼可亲的巴伐利亚奶牛女士，塔明诺心里很高兴。在他也做了一番自我介绍之后,我们的小企鹅塔明诺便骑在奶牛蕾娜特的背上出发了。他们踏过石块和沙砾,穿过宽阔的草坪,越过广袤的田地,走过山路和大街,甚至通过高速公路,向那个叫什么什么山的地方前进……叫什么什么山来着……反正也没什么重要的。

一路上,塔明诺向友好的奶牛讲述了他的故事。这位奶牛女士尽管见多识广,但对“爱”这个词也了解很少,她除了听说过爱可以让人牵肠挂肚之外，也不太知道这个词究竟是什么意思。对于像奶牛这样拥有四个胃的动物来说,这听起来简直有趣极了。

大约过了两小时又四十五分钟，两位终于到了胡贝托尼马戏团。塔明诺看到一顶巨大的帐篷倚天而立,就像帝企鹅们的宫殿一样,庄严地耸立在地面上。

马戏团四周挂了成百上千个盒子,阳光就被监禁在里边。从帐篷里面传出美妙的音乐,令人陶醉。

两位来访者绕着马戏团走了一圈,他们发现,这里有各式各样的动物,但所有的动物都被关在大大小小的笼子里面。

“你知道吗？”看到这些被关押的动物后,蕾娜特说道,“我想,我还是宁愿回到我飞机场边的大草坪上去。我宁肯

站在栅栏边上自由自在地吃我的草，也不愿待在这儿做关在笼子里的舞蹈演员。”

“我理解你，蕾娜特。不过我必须留在这里，不管前面有什么样的危险。如果我连尝试的勇气都没有，我就永远也不会找到爱了。”塔明诺向奶牛道歉。但又要失去一位新交的朋友，他心里很难过。

“费阿提！”蕾娜特向塔明诺道别，并解释说，这个词是巴伐利亚方言，意思就和“色儿吾斯”一样。“色儿吾斯”是奥地利方言，意思是“再见”，可塔明诺连这个词也不懂。于是，奶牛简单地说了句“再见”，就转身走了。

塔明诺毫不迟疑、大步流星地从正门走了进去，尽管他很清楚，这样做非常危险。刚进大门不久，一只矮矮胖胖的大脚兽挡住了塔明诺的去路，他身穿皮短裤，头戴大礼帽，还像模像样地穿着一件黑礼服。

穿黑礼服，肯定坏不了，塔明诺心想。穿黑礼服的大脚兽一定也喜欢穿黑礼服的企鹅。

可是塔明诺完全猜错了！

这只大脚兽不是别人，正是马戏团经理胡贝特·胡贝托尼。他以对待动物冷酷残忍而远近闻名。不像一般人，胡贝托尼经营马戏团的目的只有一个，那就是赚钱！在他眼里，什么婴儿的眼睛，什么幼小的动物，什么天真无邪，什么思乡之苦，统统都见鬼去吧！他关心的唯一一件事情就是，如何让更多的钱叮当作响地流入他的钱柜。

“看看我们迎来了哪位客人啊？”胡贝特·胡贝托尼奸笑

着说。他那白亮亮的牙齿闪着凶光，就像一头鲨鱼刚刚狼吞虎咽地干掉他的猎物。

塔明诺吃了一惊，但他一点都不恐惧。他想到了舍拉克先生，相信眼前的这只大脚兽不会成为他的绊脚石。

“小企鹅，你真是上天的赐礼！为了寻找一件新鲜玩意儿，我可是千辛万苦，踏破铁鞋，而今真是得来全不费工夫！如果一只戴小红帽的驴企鹅不能成为我的摇钱树，那我情愿把自己的帽子吃下去。”在心里，他已经盘算开了，这只新兴的企鹅明星会给他带来多少财运。

虽然塔明诺死心塌地地相信着舍拉克先生的话，可他现在听了大脚兽所说的，慢慢也开始不安起来。这只大脚兽为什么要把他和一头驴扯在一块儿呢？事实上，塔明诺确实没料到，人类把他那种类型的企鹅就称作“驴企鹅”。驴企鹅又名黑足企鹅，身长平均为六十厘米，在企鹅中算是中等体形。

塔明诺自我安慰道：“算了，怎么叫都无所谓，重要的是我要找到娜努玛，把她救出来！”

胡贝特·胡贝托尼小心谨慎地举起塔明诺，冲着他满脸堆笑，还张开双臂把他抱在怀里，高兴得像得了个天大的宝贝。

可惜我不能问问他，看他是不是知道在哪儿能找到娜努玛，塔明诺寻思着。唉，要是他事先知道为什么留声机偏偏让他到这个马戏团来就好了。

不过，他应该马上就可以知道答案了。

马戏团老板捧着塔明诺，从许许多多的动物笼子前一一走过。所有小动物都在给塔明诺打气助威，比如叫着“小企鹅，别害怕”，或者说“我们大家都是同样的命运”。其他动物则在破口大骂，像那只年老的狮子就在怒吼：“看我不吃了你，胡贝托尼！”一匹马尖声地嘶鸣：“蠢蛋！”而一只山羊则咩咩地骂骂嚷嚷：“吝啬鬼，从来就没给我们吃饱过！”

可胡贝特·胡贝托尼却心情愉快，他以为他的动物们是在向他友好致意呢。塔明诺心想：幸亏这只大脚兽不懂动物的语言，否则动物们就更要遭殃了。

穿礼服的大脚兽在一辆车前停了下来。这辆车没装栏杆，而是装了一块大玻璃。胡贝特·胡贝托尼打开车门，把塔明诺放进里面，然后说道：“就这样，小东西。现在稍微放松一点，喝一口水。然后我们再想想看，可以拿你派什么用场。”话音刚落，他锁上车门，丢下塔明诺独自等候命运的判决。

塔明诺坐的那辆车是经过特殊设计的。车的一侧有一架下水扶梯，往下通向一个小得可怜的游泳池。池里的水发出难闻的味道，比米兰的下水道还令人恶心。显然，这里已经好久没有人打扫过了。游泳池的另一侧是一块跳板，和南极学校游泳池上的那块一样，不过眼前的这块是用木头而不是用冰块做成的。跳板下面搭了一个小棚，小棚前面坐着一头年老的海豹，神情严肃而忧伤。

尽管海豹已经注意到塔明诺的到来，但在牢笼里多一个伴少一个伴，对海豹来说似乎无关紧要。他只是呆呆地盯着眼前的地面，眼神陌生得好像在注视另一个世界。

“很抱歉，我打搅了您。可是那只大脚兽要把我关在这里，我也是没办法的事。我想您的情形应该也是这样吧。”

海豹抬了抬眼睛，仍然没有认真看塔明诺一眼，回答道:“我不这么认为,小企鹅。我在这里坐了快二十一年了,而你才不过五分钟而已。”

塔明诺对自己的行为感到非常自责。就像上次遇到蜗牛伊莎贝拉一样，这次他又想都没多想就说出了不该说的话。他立即道歉:“非常抱歉,真的非常抱歉,海豹先生……”

“就叫我趣味足球保利诺吧,”海豹打断了他的话,“大家都这么叫我,这里没有谁知道我真正的名字。”

“我叫企鹅塔明诺,在南极学校上小学三年级。我出来是为了寻找爱。我猜,您应该也是我的老乡吧——我是指,您出生的地方？”

保利诺突然扑通一声跳进了游泳池里。他用了三秒钟从池的那头游到这头,爬上扶梯,用尾巴支撑着站立在塔明诺面前,用尽最后一丝力气,喘息着说:“把你刚才说的话再重复一遍！”

塔明诺不明白这位老头子想干什么,只好又重复了一遍:“我叫企鹅塔明诺,在南极学校上小学三年级……”

“南极学校！”保利诺插嘴叫道,“那你一定认识海豹女士！或许她不再教课了吧？”

“是的,她还在教课,而且就是我的班主任。您也认识海豹女士吗？”塔明诺高兴极了。

这时,悲伤的保利诺泪如泉涌,不能自已。一只成年的海豹先生坐在小企鹅面前痛哭流涕，这种伤心胜过塔明诺听到过的任何一次哭号。

海豹先生的情绪稍微稳定了一点，他抽抽搭搭地说道：“对不起，我竟然在你面前哭成这样。你的班主任海豹女士，就是我的妻子。我本人是参议教员海豹博士，以前也在南极学校任教，直到后来被劫持到了这里。”

塔明诺抚摸着海豹先生的鳍，想找几句合适的话安慰安慰他。他想起海豹老师的讲述，于是说道：“现在我才明白，为什么海豹女士的眼神总是那么忧伤，当我们问她为什么不结婚时，她总是避而不答。”

接着，海豹先生向塔明诺讲述了他如何被捕，又如何幸运地被运到了马戏团里。而其他被抓的海豹要么被大脚兽做成了皮大衣，要么被剥制成动物标本，陈列在了博物馆里。塔明诺则向海豹先生讲述了他的整个行程和要找到企鹅公主娜努玛的愿望。他讲到海鸥弗雷德里克和弗雷德里柯，讲到会轮滑的老鼠居塞比·威尔第，还讲到和蔼可亲的奶牛蕾娜特。他们讲啊讲啊，不知不觉，几小时过去了。

海豹先生听完塔明诺的话，用他宽大的鳍抚摸着塔明诺的头说：“可怜的小企鹅！娜努玛以前曾在这里待过，可她现在已经不在这儿了！”

塔明诺感到从未有过的震惊和激动，至少他现在来的地方是娜努玛曾经待过的地方。“她为什么不在这儿了呢？”塔明诺想从海豹先生那里知道，“她发生了什么事？”

“几个月前，娜努玛被带到这儿来的时候，她也是被安排在马戏团里。但她一天天悲伤憔悴，不吃不喝，也不梳洗打扮。于是老板一怒之下把她卖给了海边的一个动物园，然后她就被人带走了。如果她没有逃脱那帮人的魔爪的话，她现在应该还在动物园那边。”

塔明诺一跃而起，想要马上行动起来，他大声叫道：“我得去找她！我要去救她！”可是当他一想到自己还被关在这里时，马上又垂头丧气地跌坐在地上，“可我做不到，我自己还被关在这里出不去呢。”

海豹先生拍拍塔明诺，鼓励他道：“塔明诺，你一定能救出你的公主，我可以帮助你。其实你已经找到爱了，你只需用心去感受她，不久你就会实现自己的梦想。”

塔明诺现在已经习惯了成年人说话，他们总是说得像谜语一样，让小小的企鹅不能一下猜透。他决定不问海豹先生话里究竟是什么意思，而是问了一句：“我们一起逃走吗？”

“不，小企鹅。我一大把年纪，逃不掉了。千里迢迢的，我这把老骨头恐怕也吃不消。但我会设法帮你逃离这里！”话音刚落，他就跳进游泳池，潜入水中摸索什么东西。当他重新浮出水面时，嘴里衔着一块圆圆的闪亮的东西，看上去就像南极速游比赛时企鹅们拿到的奖牌。

海豹先生爬上岸来，把“奖牌”放到塔明诺脚边。

“这是什么东西？”塔明诺问道。

“这是钱。就像我们靠鲭鱼生活，人类靠钱生存，只不过钱是不能吃进肚子的。”

“我不明白！”

“人们工作或者卖出东西，就会得到钱作为报酬。然后他们可以拿钱去买自己需要的东西，比如说鲭鱼。这枚钱币是我在马戏场表演时，一只大脚兽扔给我的。我当时实在太饿了，还以为那是可以吃的东西，差点把它给吞进肚里。后来，我才知道别人扔给我的究竟是什么东西，然后我就把它给藏了起来。我告诉自己，有一天我肯定会用得着这枚钱币的。老板胡贝托尼爱钱胜过一切。所以我想，这点钱应该可以帮你逃走，塔明诺。你只需照我说的去做就行了。”

这位年老的参议教员详细地向塔明诺讲述了他的计划，告诉他一旦逃走，就去寻找一座叫作“德累斯顿”的城市。到了那里以后，他要做的唯一的事情就是跳进一条大河，顺流而下。在河的尽头，他会看到一座海滨城市，在那里，他会找到娜努玛所在的动物园，然后他就可以体验到什么是爱。

“你回到南极时，代我向我的妻子问好，告诉她，我非常想念她。事到如今，我也很难过。”海豹先生轻声说完，垂下了脑袋。

“就像你坚信我有一天一定能找到爱一样，海豹先生，我也相信你有一天能重返家园。我现在认得路了，如果可能的话，我也会把您救走的。”

海豹先生点点头，笑了笑，然后他游过游泳池，又回到自己的座位上。

一会儿，门开了。老板胡贝托尼已经笑吟吟地站在了门口，想把塔明诺从车里提出来。可是他所见到的，让他两眼发亮，浑身颤抖。

塔明诺还站在老板面前，但他嘴里衔着一枚闪闪发光的钱币。他也满脸笑吟吟地望着老板。

“哦，我的驴企鹅小心肝，看看我们拿了什么？”老板胡贝托尼问道，慢慢地向塔明诺走近。

小企鹅也不慌不忙地向大脚兽走过去，假装要把钱币送给他的样子。

正当爱钱如命的马戏团老板想一把夺过钱币时，塔明诺把它往空中一吐，钱币以漂亮的弧线飞了出去，叮当一声落到地上，又骨碌骨碌地滚出了门外。

这位爱钱胜过一切的胡贝特·胡贝托尼，此时已经忘记了一切，他甚至忘了关上车门，就径直向那枚钱币追了过去。

塔明诺跳出车厢，马上起程去德累斯顿。他现在已经知道可以在哪里找到娜努玛了，剩下的只是时间问题。

让我们再看看马戏团老板胡贝托尼，事实上他并没有找到那枚钱币，而且失去了一个可以为马戏团挣钱的大明星。由此我们也可以看到，一心追逐金钱的人最终只能落得这般下场！

## 第十八章

# 胜利大逃亡

在去德累斯顿的途中，企鹅塔明诺遇到了好多友善的动物。为了帮助他实现目标，大家都出了不少力呢：开始的一段路，他与一只名叫曼弗雷德的狼狗同行；接下来，他又乘着几只天鹅飞行了一段；最后一段路，他骑着赛马跑完全程。

当他抵达德累斯顿时，已是深夜，四处都不见人的踪影，只有一只老猫还在街上闲逛，好像是想寻找几只跑得不那么快的老鼠。

“晚上好，亲爱的猫奶奶！能劳驾您告诉我去河边怎么走吗？”塔明诺礼貌地问道。

“去河边？亲爱的小朋友，如果我还没这么老，而你跑得又不这么快的话，我就会告诉你通往我肚子的路该怎么走！唉，可是要和你这种长得怪模怪样的鸭子赛跑，我未免太老了一点。好吧，告诉你，你要去的那条河叫易北河，就从这堵墙后面流过。沿着那些阶梯爬下去，你就会发现河流在你眼前。”老猫喵呜喵呜地边说边走开了。

塔明诺满怀期待地向那堵墙走去，找到阶梯，沿着梯子一步步爬下去，一会儿就站到了易北河面前。

塔明诺，现在该露一手你的游泳技术了！他暗自鼓励自己，然后闭上嘴巴憋住气，扑通一声跳进了水里。

这段日子长期在陆地上行走，塔明诺都快忘却在水里游泳是多么惬意、多么舒适了！他时而划动双翅，自由泳一番；时而又仰面朝天，来一段仰泳；累了的时候，他就潜入水下，任水波推动身体前进，而他自己也可以借此积蓄精力。

就这样，他沿着河流顺水而下，几天过后，已是身心疲乏。直到累得游不动了，他才爬上岸来小憩一会儿，捉一条鳗鱼补充点能量，然后继续游下去。

快到汉堡时，他碰到一条鲽鱼，看起来十分美味。但鲽鱼向他苦苦哀求，让他放她一条生路，因为她的丈夫和孩子们还在家等着她呢。塔明诺很明白鲽鱼的处境，于是放她走了。

没有了美味的鲽鱼，他就从水里随便抓些浮游生物来填饱肚子。尽管味道不怎么好，但他吃得心安理得。

到了汉堡，塔明诺为眼前的景象激动不已。他做梦都没想到，这里会有这么多“大铁锅”游来游去，而且它们各个大小不一，形状各异！

这简直太棒了，塔明诺心想。在如此繁忙的航道中穿行，他必须加倍谨慎，否则一不小心就会被卷进这些“大铁锅”搅出的漩涡里去。

过了汉堡，易北河水流变得相对平缓。塔明诺一边继续向前游去，一边沉浸在遐想当中。他相信，不管最后结局如何，他所经历的事情一定是企鹅历史上最冒险、最刺激的故事。等他回到南极以后，他要做的第一件事就是在雪地上为妈妈雕刻许多许多玫瑰，足足有一座冰山那么多；还要每天为妈妈捕捉几公斤新鲜的鲭鱼；他也不再丢三落四地随便乱放东西了；而且以后的八个星期，清理饭桌的任务都由他一个人来完成。

就这样边想边游，终于在一天清晨，大约七点过三分的时候，塔明诺游到了易北河的尽头，到达了一座海滨城市。在那里，易北河的河水轻轻拍打着波罗的海沿岸，缓缓融入波涛汹涌的大海。

和米兰那样的大城市相比，这座海滨小城显得悠闲而安静。城市节奏不紧不慢，就连大脚兽也放慢了走路的速度，似乎他们比别人拥有更多的时间。即使人们坐在带轮子的“盒子”里，他们也不像塔明诺在意大利见到的那样匆忙。

大海上，几口小小的“铁锅”在突突突地游来游去，远方有几口大的“铁锅”在扑哧扑哧地将浓烟喷向空中，驶向广阔无垠的大海。

在易北河与波罗的海交汇的岸边，笔直地耸立着一根高大的木柱，看上去好像在说：“你来对地方了，旅客朋友。”

塔明诺就在那里坐下来，想平心静气地考虑考虑下一步该怎么办。还有最后一段路要走，他可不想再犯什么错误，搅乱了全局。

他放眼向大海望去，成群结队的海鸥正欢快地在水上捕捉鱼儿，一边还尖声高唱着大海之歌。塔明诺想起了企鹅爸爸说过的一句古谚语："海鸥欢歌地，放心好歇息；若是危险处，海鸥必不语。"想到这里，塔明诺的思绪又飞到了和弗雷德里柯与弗雷德里克相遇的时光。

他倾听了一会儿海鸥们的歌唱，突然嗖地一下站起身，不假思索地迈开步子，开始他的最后一段行程。他甚至不想想，眼前的路是否正确。在他心里似乎有一种东西在指引着他前进，让他相信，即使不用多想也能最终实现他的目标。

他沿着岸边行走，走到一座绿色的小丘陵跟前，从这边爬上来又从那边爬下去，接着又走了一会儿，这时，动物园的大门屹立在他眼前。他知道，只要从这扇门进去，他就可以救出娜努玛了。

大门后面，一条小路穿过宽阔的草坪，一直通向一个个关押动物的大牢笼。笼子里关着忧郁的鸟儿、哀伤的兔子，关着无精打采的猴子和唉声叹气的海豹。

在离这些大牢笼不远的地方，也就是草坪的尽头，有一座被栅栏圈围起来的冰山。冰山四周挖了一条不可逾越的壕沟，冰山上坐着一只孤独的企鹅，她正陷入沉思。

那就是娜努玛！阳光洒在她身上，她那淡黄色的颈部闪闪发光，好似用纯金做成的一样。

塔明诺站在那里一动不能动，脚底好像生了根。

他的心跳得越来越快，有一种窒息的感觉。他的双翅在不停地颤抖，而头脑里仿佛有成千颗小星星在跳舞。一种幸福感从头到脚充满了他的全身。他的黑礼服上似乎有什么东西在酥酥地爬动，他的胸中涌动着一股不可名状的温柔，他希望这种感觉永远不要消失。没有娜努玛的地方，他是一刻也不能待了。他希望能永远在她身边保护她，用他的企鹅嘴巴深深地吻她，就像妈妈在他生日时给他的深情一吻那样。

这种感觉是塔明诺从来没有体验过的。它如此强烈，如此美妙，且又难以形容；它如此温柔，如此深刻，且又绝无仅有。总之，塔明诺感到前所未有的说不出的快乐和幸福。

尽管他不明白这种感觉究竟是什么，但他非常非常自信，他已经找到了爱。这就是爱，许多人都知道，却又知道得很少；这就是爱，他千辛万苦要追寻的目标。

座头鲸艾弗莱姆怎么说的来着？“当你在路上找到了爱，你就达到目标了。带着爱，你就可以救出娜努玛。”

塔明诺一步一步小心地走向关娜努玛的笼子，他把脚步放得很慢、很轻。他站在栏杆前，亲切友好地问候企鹅公主：“你好，娜努玛公主！”

小公主抬起眼睛看着他。当她的视线接触到塔明诺时，她的感觉就和塔明诺见到她时一模一样。她像是着了魔法一般，一声不响地远远地看着塔明诺，视线再也不能从他身上移开。她被迷住了。牢笼囚禁了她的身体，而她的心却被塔明诺俘获。

“陌生的小企鹅，你是谁？你为什么站在这里，让我在悲伤地思念家乡的时候，却不禁为你的出现而欣喜？”娜努玛问道，她的眼睛始终一动不动地盯着塔明诺。

“我是塔明诺，我是来救你的，娜努玛。”塔明诺解释道。接下来，他思考着，怎样才能真正把她救出来。

“救我？你是哪里来的？”

“我来自南极，那里是我们的家乡。我在学校听说了你的悲惨遭遇，于是就决定出来找你。只要把你救回去，你的父亲和所有的国民就不会再为你伤心难过了，而我自己也想看看，小小的企鹅到底能不能做出大事情。年老的座头鲸艾弗莱姆曾对我说，只要我找到爱，就能够完成这一切。就这样，我来到了这里！”

两只企鹅越过牢笼的栏杆互相对视着，他们不必言语，因为一切尽在不言中。

但是还有一个问题要问！

“只是……你打算怎么救我呢？”娜努玛问她亲爱的朋友。

“我也在想这个问题。”塔明诺回答道，然后他沉默了一阵。事实上，对于怎样越过栏杆和壕沟，他还没有一点主意呢。

突然，两个动物园管理员像变戏法似的出现在他们面前，高声吼叫着向塔明诺冲过来。这时，娜努玛和塔明诺才猛然从他们的梦幻中惊醒。

塔明诺使出浑身解数，跑向大门，此刻他的想法是：如果我也被抓了，那么尽管我和她待在一起，但我们俩都会被关在笼子里面。

第一个管理员看出了塔明诺的心思，于是马上把大门给锁上了。如果我们的小英雄到了门前，那他就必定会被抓住了。可是这个时候，他突然来了个急刹车，冲着草坪又跑了回去。在草坪上，他转着圈子跟两个管理员玩起了老鹰捉小鸡的“游戏”。大概转了四十三圈后，如果不是两个管理员突然站定不动的话，“游戏”时间可能还会持续更长。

塔明诺一时间也没有回过神来。

原来，在动物园的另一头，一只骆驼站在唉声叹气的海豹们中间，正在引吭高歌：“投入战斗吧，拯救爱的行动开始了！”

塔明诺简直不敢相信自己的眼睛，在那里唱歌的正是围绿点围巾的骆驼——何塞·戈麦兹·菲力普·费尔南多·路易斯·迭戈·约阿奎姆·德·兰萨罗特。

“你去逮住那只企鹅！”其中一个管理员向另外一个叫道，“让我来收拾这头骆驼。”

各自看准了自己的目标，两只大脚兽又开始继续他们的追捕“游戏”。

但是他们的算盘打错了。

当一个管理员走到何塞·戈麦兹身边时，这头骆驼不慌不忙地站着，任他把自己的围巾拉出一截儿。然后骆驼深吸了一口气，噗的一声，将一口痰朝着管理员的脸吐了过去，弄得他措手不及，目瞪口呆。

这当儿，我们的塔明诺和另外一个管理员已经“团团转”到了第五十九圈。

再说，那位“面门中弹”的管理员一时间失去了战斗力，他手忙脚乱地只顾擦他的眼镜，否则他什么也看不见。紧接着，他从口袋里掏出呼叫器，大声叫喊着“紧急救援”之类的词儿。

塔明诺和追逐他的管理员现在也开始慢慢耗尽了精力，他们谁先放弃战斗，那只是时间的问题。突然间，这场战斗被中断，所有的兔子、鸟儿、猴子和海豹都猛然间从笼子里跑了出来。两个管理员不得不放弃了追逐，傻呆呆地站在那里，对眼前的这一幕摸不着头脑。

直到走近笼子，他们才弄清楚是怎么回事。塔明诺也明白了，究竟是谁策划了这场好戏。

是两只海鸥——弗雷德里柯和弗雷德里克，他们凭借俯冲力量，用尖尖的鸟喙把笼子的锁全撬开了。他们俩顺便还救出了被关在笼子里的豚鼠。

“拉莫！”弗雷德里克在远处向塔明诺致意。接着，弗雷德里柯也跟着大声喊了一句：“阿莫儿！”

两个管理员都快要疯了。动物园里，兔子在蹦，鸟儿在飞，海豹匍匐而行，豚鼠爬来爬去，所有的动物都在享受着自由的空气，而何塞·戈麦兹还在高声演唱着他的《自由颂》。

这时，一只带轮儿的红色“盒子”开了过来，这就是所谓的“紧急救援”吧：那盒子尖声号叫着，头顶上还有两只忽闪忽闪的大蓝灯。

四个男人冲出救援车，其中三人马上行动起来，想把获得自由的动物们又重新关到笼子里去。

第四个男人和另外两个管理员则从不同方向朝塔明诺冲过来。塔明诺用尽最后一丝力气摇摇晃晃地向海豹池跑去。他想，待在水里总比在陆地上多占点优势。

刚刚安全地逃到池中心的小岛上，他又一次惊呆了，因为他猛然间发现，追捕他的三只大脚兽突然站住不动了。

他们像被水下的什么东西绊住了，一丝一毫都动弹不得。而这个“什么东西”正是塔明诺的朋友，来自兰萨罗特的章鱼先生。

那帮家伙被牢牢地困在水里，即使破口大骂、呼天抢地也无济于事。塔明诺镇定自若地从他们身边游过去，径直向娜努玛游去。她一直坐在牢笼里，兴奋地观看着眼前发生的一切。

当我们的爱的斗士到了笼子跟前，他听到了一阵不同寻常的响动，于是马上四处张望，想探明这响声来自何处。

循着响声望去，小公主笼子的门旁边坐着居塞比·威尔第，他正用他的小牙在啃门上的木头。看到塔明诺的时候，他笑了一笑，吧嗒吧嗒地说：“德国的橡木，嗯，我觉得很酷！”

一会儿，门被啃了个大洞，塔明诺急忙跨过壕沟去救他的娜努玛。一个短暂的拥抱后，两只小企鹅马上逃了出去。因为这时可谓是千钧一发、机不可失。说不定一会儿还会出现更多的人类“紧急救援”呢！

“伙伴们，快撤！”塔明诺洪亮的声音响彻动物园。他和娜努玛手臂挽着手臂往大门走去。就在这时他心里还没有底，到底怎样才能把门打开。

戈麦兹和居塞比跟在这一对儿后面，弗雷德里柯和弗雷德里克携手把章鱼先生从水里捞出来，否则他可得当心会不会变成意大利餐馆里的一道美味。

大门外面站着奶牛蕾娜特，她用两只角冲破了封锁线。——这下大路通行无阻了！

正当伙伴们马上就要获得自由时，塔明诺发现了他过去的敌人——海象哈拉尔德，他还待在出口旁边的一只大笼子里。他看到了发生的一切，但做梦都不敢想象塔明诺会去救他，只得听天由命了。

然而他想错了！救他的恰恰就是塔明诺！塔明诺、娜努玛、蕾娜特和居塞比一起，齐心协力地在最后一秒钟把长牙海象从笼子里救了出来。

此时，六个怒气冲冲的男人叫嚣着从他们身后冲过来，一定要为刚才的失态捞回一点面子。

我们的这群小动物在快不了的伊莎贝拉的建议下，一一跳过了门槛。小蜗牛坐在门口，向大家喊道：“从我身上跳过去！”说到做到，大家一前一后地相继越过了大门。

管理员和他们的救援部队当然没有发现门口还有一只小小的蜗牛，更没有注意到蜗牛已经用分泌的滑溜溜的黏液把门前周围的地方都涂了个遍。

只听扑通扑通几声，六只大脚兽一个个都摔得屁股朝天！

还没等他们回过神来，塔明诺一把抓起伊莎贝拉，飞快地把她带走了。大家一起向大海的方向跑去。

塔明诺挽着他的公主在前面带路，胳膊下面还夹着蜗牛伊莎贝拉，后面跟着骆驼何塞·戈麦兹、奶牛蕾娜特、老鼠居塞比·威尔第和海象哈拉尔德。在他们身后，两只海鸥弗雷德里柯和弗雷德里克携带着章鱼缓缓飞行，这恐怕是世界上第一只会飞的章鱼吧！

到达海边时，塔明诺惊喜地看到，一口“大铁锅”正停靠在岸边，船上站着塔明诺认识的第一位人类朋友——菲特！经过了这些日子，小菲特已经成为一名真正的水手，船上的指挥也被一位更好的新船长所接替。此时此刻，菲特正身着崭新的制服站在甲板上欢迎塔明诺和他的伙伴们。

此外还有一位特别的朋友在船上，他为故事有了一个如此美满的结局而欣喜万分，他就是参议教员海豹博士。

“全速开赴南极！”船长下令道。

这口冒烟的“大铁锅”缓缓移动身体，起程开往南极。船上的汽笛在欢快地呜呜呜响。

当大家都在美美地享用丰盛的早餐时，塔明诺和娜努玛留在了甲板上。他们久久地、久久地拥抱在一起，心里充满了幸福的甜蜜。他们把企鹅历史上最美的童话变成了现实，而且亲自体验了全部的过程。

“我爱你。”塔明诺说。

“我爱你。”娜努玛回答着，豆大的泪珠滑落脸颊。

这是幸福的泪水，其中的一滴闪现出奇妙的光芒。

那是？

对了，那是泪珠西尼雅。她帮助塔明诺梦想成真，自己也变成了一滴快乐的泪珠，实现了她长久以来的愿望。

大船向南极方向驶去。塔明诺和娜努玛温柔地拥抱着，一起望着海天交会的地方。在大海中央，座头鲸艾弗莱姆扑哧扑哧地喷出一朵朵欢快的水花。

# 写在后面的话

塔明诺又回到了爸爸妈妈的怀抱，两位老人家自然是开心得不得了。帝企鹅们都在欢庆公主娜努玛和英雄塔明诺的归来。悲伤的哀号已经成为历史，取而代之的是举国上下的欢腾。不言而喻，海豹女士是南极最最幸福的妻子。当然，更为幸福的是塔明诺和娜努玛，他们找到了彼此。

他们是不是结婚生子了？塔明诺的那些伙伴在南极欢庆了多长时间呢？他们会不会被冻得够呛啊？何塞·戈麦兹是否在歌剧院里找到了一个职位？这些问题我也无法告诉你们了，因为我的书在它该结尾的时候就结尾了！这个故事可不是我自己编撰的，我在荷兰一家失物招领处找到了一张唱片，根据那张唱片，我如实地记下了这个故事。

如果现在有谁去海边的那座城市，徒劳地在一所养了几只动物的公园里寻找企鹅笼子的话，那么我要对他说："在我住的这个美丽的城市里没有企鹅笼子，这真是太好了，不是吗？那就来拜访我吧！"

目的只有一个：给企鹅们自由！

——你们的克里斯蒂安·贝尔格

## 作者简介

**克里斯蒂安·贝尔格**（Christian Berg，1966— ） 德国当代著名的儿童音乐家和儿童戏剧家。《爱心企鹅》是这位音乐戏剧天才创作的第一本新理念童话。《爱心企鹅》在德国出版后深受读者欢迎，迅速成为畅销书。与此同时，书中主人公——戴小红帽的企鹅形象也被制作成各式各样的玩具，风靡全国。

# 彩乌鸦世界文库

★ 初版20册全部分批入选全国中小学图书馆（室）推荐书目

★ 德语文学权威评审机构德国青少年文学研究院选荐

★ 部分图书获中国国家图书馆文津图书奖、首届德译中童书翻译奖等

★ 新版缤纷呈现，在全球范围内甄选高品质儿童文学以飨读者

**想象 荒诞 哲理**

谁会想到，有天男孩理查竟然变成了一只乌鸦；谁又会知道，乌鸦最开始竟然是彩色的鸟儿。

**性格 成长 家庭**

有时候能做个“悄悄的露易丝”也是相当棒的。当你静静聆听万物的声音，万物也会和你说悄悄话呢！

**生命 哲理 奇幻**

邦贝先生的身体千疮百孔，他的思想却极为非凡。他想成为一位作家，于是放飞了他的信，而信带着一个个故事回到他身边……

童心 逗趣 二娃

成长 教育 家庭

想象 颠覆 魔法

想象 乐趣 童话

想象 沟通 寓言　　冒险 自由 人生　　想象 魔法 童诗　　父爱 成长 旅程

亲情 成长 想象　　动物 家庭 喜剧　　动物 哲理 寓言　　动物 寻爱 冒险　　亲情 成长 教育

母爱 生命 成长　　亲情 友情 教育　　自然 环保 生命　　哲理 反战 教育　　哲理 讽刺 教育

——“彩乌鸦世界文库”不断更新，精彩继续。

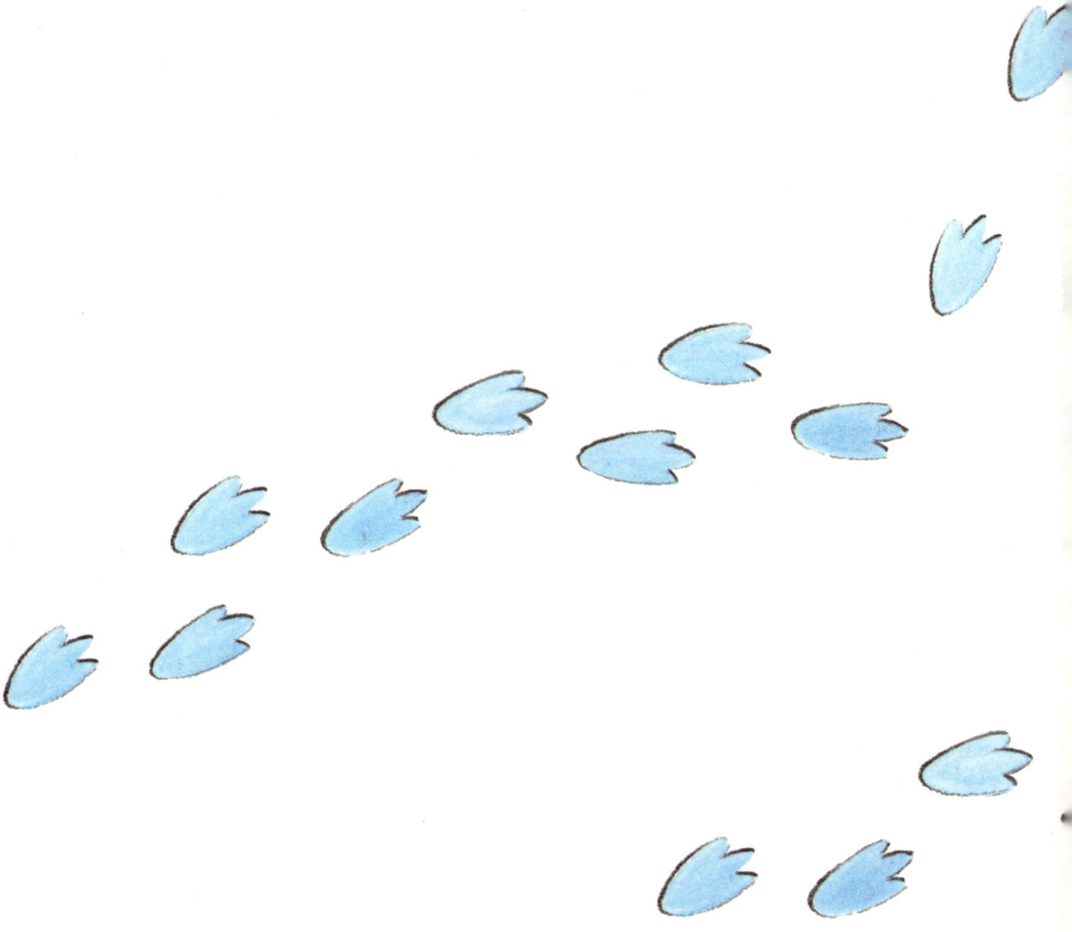